ज़िन्दानी

ज़िन्दानी

सरोज वशिष्ठ

वाणी प्रकाशन

वाणी प्रकाशन का 'लोगो'
विख्यात चित्रकार मक़बूल फ़िदा हुसेन की
कूची से

ISBN : 978-81-8143-864-5

वाणी प्रकाशन
21-ए, दरियागंज, नयी दिल्ली-110002
द्वारा प्रकाशित

फोन : 0091#11#23273167, 23275710
फैक्स : 0091#11#23275710
ई-मेल : vaniprakashan@gmail.com
vani_prakashan@yahoo.com
वेबसाइट : www.vaniprakashan.com
प्रथम संस्करण : 2008

आवरण सज्जा : वाणी प्रकाशन
शिव शक्ति प्रेस, शाहदरा, दिल्ली-110032
द्वारा मुद्रित

मूल्य : 125.00

ZINDAANI
by : Saroj Vashishth

उस शीतल बयार के नाम
जो चुपके चुपके बहती हुई
मुझे छू कर घाटी के उस पार
आसमान छूते शैल शिखरों से
अठखेलियफ करने लगती हैं

अपनी बात

जयराम पटेल कहते हैं मैं सोचता ज़्यादा हूँ और पैंटिग कम करता हूँ। मैं भी लिखती कम हूँ और बुनती ज़्यादा हूँ। वैसे तो हर कहानी के पीछे एक कहानी होती है लेकिन 1996 में मैं कुछ दिनों के लिए शिमला आई थी। शाम आठ बज़े हिमाचल के एक लेखक राजेंद्र राजन का फोन आया था "कल आप हिमाचल प्रदेश के भाषा विभाग के अकादमी भवन में अपनी अप्रकाशित कहानी पढ़ रही है।" राजन से मैंने कहा था कि "मैं आऊँगी जरूर लेकिन मेरे पास अप्रकाशित कहानी नहीं है। कहानी के लिए किसी ओर को आमंत्रित कर लो।" "कुछ करो हमने तो घोषण कर दी है" अजीब आदमी है। रात दस बजे मैं कागज़ कलम लेकिर बैठी तो कई दिनों से मेरा पीछा कर रही पंक्तियाँ–बाजरे दा सिट्टा अंसा तली ते मरोडया, जुती कसूरी पैरी न पूरी, हाए ओ अब्बा सानू चलना पेया और शिव बटालवी रचित शिखर दोपहर सिर ते, मेरा ढल चलया परछझंवा, कब्रा उडीकन मैंनू जिवें पुतरा नूं मावां। बस, यहाँ से शुरू हुई कहानी ज़िंदानी। कहानी लिखते वक्त मैं ज़ार-ज़ार रोई थी। सोचा कल अनजाने लोगों के बीच अगर मैं रोने लगी तो बड़ी भद्द होगी। मैंने कहानी को तीन बार रोते-रोते पढ़ा। कुसुम असल और अजीत कौर बहुत याद आई। हम लोग कुसुम की आत्मकथा पर आयोजित गोष्ठी में अलीगढ़ विश्वविद्यालय गए थे। परिचय में जब कुसुम के पिता जी और उनके योगदान को स्मरण किया गया तो कुसुम फूट-फूट रोई थी। साहित्य अकादमी द्वारा आयोजित लेखक से मिलिए कार्यक्रम में अजीत कौर आमंत्रित थी। परिचय देते समय डॉ. इंद्र नाथ चौधरी ने खानाबदोश में वर्णित उनकी बेटी सिंडी की एक हादसे में हुई मौत का ज़िक्र कर दिया। जब अजीत कौर माईक पर आई तो मंच पर अकेली बैठी अजीत उस दर्दनाक याद से हज़ारवीं बार द्रवित, चुपचाप देर तक सिसकती रही थी। कुछ रचनाएँ कहानी न हो कर हादसा ज़्यादा होती

है। ज़िन्दानी भी एक हादसा है। रोना-धोना, कभी-उत्कृष्टता का प्रमाण नहीं होता। मैंने उस दिन ज़िन्दानी कहानी बहुत संयमित ढ़ंग से पढ़ी थी। राजन का मत था कि कहने का तरीका मार्मिक है पर कहानी आरोपित लगी। हिमाचल के वरिष्ठ विद्धान मौलूराम जी ने दो बातें कहीं "यह रचना महिला लेखन का एक उत्कृष्ट उदाहरण है, यह कहानी एक पुरुष नहीं लिख सकता, कोई बाप या मर्द नहीं लिख सकता है। रही बात आरोपित लगने की। चंबे की लोक कथा याद करो चौराही दा किल्टा। अपने यहाँ वृद्ध बाप को बेटा किलटे में बिठाकर नदी किनारे घराट पर छोड़ने गया तो पौत्र ने किलटा उठा लिया। बाप ने कहा "इसे यही छोड़ दो" बेटे ने कहा "क्यों जब आप बूढ़े हो जाओगे तो आपको इसी में बिठाकर नदी पर छोड़ने के काम आएगा" चंडीगढ़ से आए कवि इकबाल सिंह ढिल्लो ने कहा था "यह कहानी एक नक्काशीदार पैंटिग है" राजन ने हमारी पहली भेंट में नारी लेखन के बारे में सवाल पूछे थे। मुझे ऐसे प्रश्नों से चिढ़ है। लेखन तो लेखन है, एक अनुभव, एक घटना जिसे कहानी बनने के लिए सिर्फ एक ही चीज़ चाहिए होती है और वह है उत्पन्नबिंदु।

मैंने कहा ना कि हर कहानी के पीछे एक कहानी होती है। मैं हूँ न मुझे दिल्ली में संवाद गोष्ठी में पढ़नी थी। जो निमंत्रण पत्र कुसुम ने सदस्यों को भेजा था उसे पढ़कर जिस तरह दहाडे मार-मार कर मैं रोई थी उसे सुनकर तो रूदाली भी शरमा जाती।

अभी मैंने, मैं हूँ न कहानी आधी ही पढ़ी थी कि सुबकती-सिसकती मृदुल गर्ग कक्ष से उठकर नीचे चली गई थी। विनीता अग्रवाल और मीरा सीकरी को भेज कर उसे वापस लाया गया था।

इस कहानी पर लेखिका मंजु गुप्ता की यह टिप्पणी मुझे गोष्ठी के दौरान मिली थी

"आपके होने का अहसास" कराने की बहुत-बहुत बधाई। मैं हूँ न—सुनते ही लगा जेसे आपने झंझोड़ा और धीरे से कहा कि मत घबराओं मैं हूँ न। आपका हँसमुख व्यक्तित्व और व्यावहारिक स्तर पर आपके सरोकार और भीतर तक छू जाने वाली संवेदनशीलता सचमुच अद्‌भुत है। खासतौर से कबूतर के मर जाने का प्रसंग मुझे आज ही सुबह की याद दिला गया जब हमारे घर के पास गली में खड़ी एक माँ अपने नन्हें बेटे से कह रही थी बेटा "पिजन" मर गया, देखो-देखो मर गया और बेटा ताली बजा रहा था।"

1972 में जब पूरी की पूरी विविध भारती के बंबई स्थानन्तरित कर दिया

गया तब तक सारिका में मेरे ढेरों अनुवाद दो विशेषांकों में छप चुके थे। सोचा सारिका के कार्यालय में सब को मिला जाए। जब मैं सुदीप से मिली तो उसने कहा था "आप इतनी संवेदनशील अनुवादक हैं मौलिक कहानी क्यों नहीं लिखती" सही फैसला मेरी पहली कहानी थी। कमलेश्वर का खत आज भी मेरे पास सुरक्षित है। उनके मतानुसार उस कहानी में मैंने एक सूक्ष्म नुक्ता उठाया था। यह नुक्ते ही हैं जो कहानी बन जाते हैं। विविध भारती के लोकेंद्र ने लिखा था "कहानियाँ पढ़कर मैं प्रभावित नहीं अभिभूत हूँ। अगर मैं आपके इतने नजदीक न होता तो पूछता यह कहानियाँ किससे लिखवाई हैं। भोगे हुए यथार्थ को इतने बेलाग अंदाज में इतने सही-सही लिखने का साहस कहां से जुटा पाई?" विविध भारती में मेरा साथी, उदघोषक लोकेंद्र मुझसे उम्र में पंद्रह साल छोटा होने के बावजूद मेरा परम मित्र था। हम दोनों को रुचि साहित्य, नाटकों और फिल्मों में बहुत गहरी थी आज भी है। उसने लिखा था "कहानियाँ तो हमारे आसपास हर पल घट रही हैं पर उन्हें पकड़ कर कलम की नोक से कागज़ पर कैद कर लेना, जीवट के साथ, बड़े करतब का काम है और आप खूब करतबी हैं, यह मैं आज मान गया।" हमारे सबके गुरु, मार्गदर्शक, परम मित्र हवामहल के तत्कालीन निर्देशक सतेंद्र शरत हर रोज स्टूडियों में हम दोनों की क्लास लेते थे। उनसे जो हमने ग्रहण किया उसकी कीमत ज़िंदगी भर नहीं चुका सकते। वो न होते तो हम भी न होते। सतेंद्र शरत ने मेरे कहानी संग्रह अपने-अपने कारावास के लिए अपनी भूमिका में लिखा था "सब कहानियों का विषय एक ही है अच्छे खासे उपन्यास को कहानी संग्रह बना दिया।" सिम्मी हर्षिता ने भी यही बात लिखी और यह भी "जितना तुझे जाना था वो कितना सतही था।" मेरी परम मित्र और एक उत्कृष्ठ उदघोषिका प्रेम जोशी ने लिखा "सरोज को मैं इतना जानती हूँ जितना की वह स्वयं भी नहीं जानती हैं। इस कहानी संग्रह रूपी उपन्यास को पढ़कर पता चला कि मैं एक बार फिर छली गई, वह एक छलावा है। कहानियाँ पढ़कर रौंगटे खड़े हो गए।" किस-किस का जिक्र करूँ। लक्ष्मी चंद जैन और कुंथा जैन के पाँच-पाँच सफे लंबे खत मेरी अमूल्य निधि हैं। मंजुल भगत, मृदुल गर्ग जैसी सक्ष्म लेखिकाओ ने बहुत शाबाशी दी, लिखना जारी रखने की सलाह के साथ। आज ज़िंदानी के लिए अपनी बात लिखने लगी तो धक सी रह गई। खतों का यह पुलिंदा पिछले छबबीस वर्षों से बंद पड़ा था। आज अपनी बात के लिए कलम उठाई तो पता चला कि रेत की तरह यह वर्ष मेरी मुट्ठी से सरक कर पीछे रह गए थे। मधु रिहानी एक लंबे संघर्ष के बाद हबीब द्वारा प्रशिक्षित

एक सक्ष्म सफल सौंदर्य विशेषज्ञ है औरा भी बहुत कुछ है, लेकिन वह एक सजग श्रेष्ठ पाठिका है। जैसे मैंने अपनी कहानी सही फैसला का श्रेय सुदीप को दिया है वैसे ही अपने-अपने कारावास के दायरे से बाहर निकलने का श्रेय मधु को देती हूँ। लंबा खत है मधु का, जिसे उसने कहानियाँ पढ़कर नम आँखों से लिखा था। अंत में कुसुम अंसल के इस खत को अपनी बात में शामिल करने का मोह संवार नहीं पा रही हूँ।

12 नवंबर, 1982

मैंने सोचा था, मैंने तुझे जाना है, पर जब तुझे पढ़ा तो लगा, एक वह छमछम करती खिलखिलाती आसपास के परिवेश में खुशियाँ बखेरती सरोज जिससे मेरी पहचान है कोई और है..........सबकी खेती में केसर बोने वाली सरोज कोई और है............नागफनी के जंगल में अकेली खड़ी। इन कहानियों की 'मैं' कोई और हैं। 'अपने अपने कारावास' में उभर कर आती यह अण्डरग्राऊंड परसनैलिटी. ....कितनी अजनबी, कितनी अकेली............सोच में डूबी, चुपचाप हवा की उन्मूकता को नकार कर उसकी घुटन को जीती अलग-थलग, खुद एक हवा है, जिसके सीने में तूफान क्या, बवंडर साँय-साँय कर रहे हैं। शायद यह कहानियाँ तेरे हँस कर जीते चले जाने का एक इम्तिहान हैं। सिक्कें का यह रूख मुझे भीतर तक प्रभावित ही नहीं, झकझोर गया है, और मैं गार्वित हूँ..........कि तू अब. ....इसके बाद गलत परिभाषित नहीं हागी।

तेरी अपनी
कुसुम असल

हम बड़े विकट रास्ते और समय में साँसे ले रहे हैं। हमारे पास नब्बे लाख हेक्टेयर बंजर भूमि है। हाँ कभी ज़माना था जब लहलहाते जंगल होते थे, वन-प्राणी होते थे। भूमि की तरह लोग भी बदल गए हैं। कौन है प्रवृत्ति का संरक्षक? हमने खुद ही अपनी ज़मीन को जख्मी कर दिया है। वो वक्त दूर नहीं जब अगली पीढ़ी नीम के पेड़ का नाम नही बता पाएगी। ऐसा नहीं कि नीम के पेड़ लगेंगे नहीं। लेकिन उनको नीम के बारे में कुछ भी जानकारी नहीं होगी। हम अपनी ज़मीन पर बीज नहीं काँटे बो रहे हैं। लेकिन फिर मुझे याद आ जाते हैं गीतफरोश भवानी प्रसाद मिश्र जिन्होंने लिखा था "एक बसंत दो बैल चर गए मेरा गुलज़ार का गुलज़ार, मगर ऐसा तो नहीं हुआ कि मैंने फिर नहीं रोपे फूल पौधे।" कमलेश्वर

ने एक खत में मुझे लिखा था, "किसी भी सोचने वाले व्यक्ति-लेखक को अपने देश में नींद नहीं आ सकती। नींद की यह कमी ही शायद कहानियों को जन्म देती है।" मैं मानती हूँ हर एक इंसान के पास कुछ ऐसा होता है जो उसका अपना रचा हुआ होता हैं। यह रचना अपने आप में अनूठी होती है। अगर आपने तंग नज़री, तंग दिमागी का ईलाज करना है तो पागलपन की हद तक अपने पाठक को अपने रंग में रंग दो।

आज मैं इस देवभूमि हिमाचल प्रदेश में देवदारों, बहते झरनों, बर्फ की चादर ओढ़े पहाड़ों के बीच बैठी नीले आसमान को निहारती हुई सोच रही हूँ बहुत कुछ मिला मुझे लेकिन यह स्वर्ग मेरे हिस्से में आएगा यह तो मैंने कभी कल्पना भी नहीं की थी। मेरे सामने वाली पहाड़ी के पीछे, मुझे पूरा यकीन है कि, एक और पहाड़ी छिपी हुई है अगर न होती तो बाँसुरी की स्वर लहरियाँ मुझे छू-छू कर बौधिक मस्ती में सराबोर न करती।

सरोज वशिष्ठ

प्रस्तावना

संबंधहीन संबंधहीन संबंधी

प्रिय मित्र,

"लफ़्ज कागज पै बैठते ही नहीं,
उड़ते फिरते हैं तितलियों की तरह।"

गुलजार की ये पंक्तियाँ पढ़ते ही मुझे लगा ये "लफ़्ज" सरोज वशिष्ठ की शखियत जैसे है–वह भी तो तितलियों की तरह उड़ती फिरती है, मंडराती है, खुशबू सी झनझनाती है। उनके स्नेह की ऊर्जा की गरमाहट हम सभी मित्रों ने महसूस कीं है, उसकी इतनी डायमेंशन्स है, वह इतने हिस्सों में बँटी है कि हिसाब जोड़ना कठिन है। उसकी इस बहुआयामी उड़ान में एक ही डोर है जो हमें उससे बाँधे है, साहित्य, तो उसी से सुनते हैं, एक कहानी जो वह शिमला की वादियों से लिख कर लाई है।

दिन बुधवार–18 सितंबर, 2001
संवाद-कक्ष-अंसल भवन, दिल्ली।

यह पत्र मैंने संवाद की गोष्ठी की सूचना के लिए अपने सदस्य लेखकों को लिखा था। सरोज ने बताया वह मेरा पत्र पढ़कर बहुत रोई थी और जो कहानी उसने पढ़ी थी "मैं हूँ न" उसे सुन न सकने और बरदाश्त न कर पाने के कारण मृदुला गर्ग रोती हुई गोष्ठी के बीच से उठ कर चली गई थी। हमें उसे बहुत प्यार से मनाकर वापस लाना पड़ा था।

समय कब कैसे बीत जाता है, या बीत चुका है। पता ही नहीं चला। समय अपने साथ हमें भी परिवर्तन के चक्र की घुमघुमईयों में घुमाता रहता है, उसकी गिरफ्त से कभी छुटकारा नहीं पाता । पीछे मुड़कर देखती हूँ तो कल की सी

बात लगती है। मैं अपने पहले उपन्यास के साथ एक बेहद अजनबी लेखनीय संसार में प्रवेश कर रही थी और आकस्मिक परिस्थितियों में उलझकर मैं अपने लिए प्लेटफॉर्म ढूँढ रही थी, अन्य साहित्यकारों से मिलने, उनको पढ़ने सुनने की ललक मुझे "हिंदी साहित्य सम्मेलन" तक ले आई थी, जहाँ मैं हर महीने वहाँ 'कामायनी' नाम से एक साहित्यिक गोष्ठी का आयोजन करने लग गई थी। उस समय मैं तो किसी को भी जानती नहीं थी, लेखकों के नाम की सूची, गोपाल प्रसाद व्यास जी ने ही मुझे थमाई थी। वहीं एक गोष्ठी में दोनों हाथों में ढेर सारी रंग बिरंगी कांच की चूडियाँ पहने माथे पर बड़ी सी लाल बिंदी, चांदी के झुमके, गले में तीन-चार मालाएँ, कंठी और घने लंबे बालों का खूबसूरत सा जूड़ा, कलात्मक साड़ी पहने अपने पति सतीश के साथ जैसे ही उसने कमरे में एन्ट्री ली, तो मैं ही क्या, कोई भी ऐसा नहीं था जो उसके व्यक्तित्व से नजर उठा ले, इतना रंगीन आकर्षण था उसके व्यक्तित्व में, उसके बात करने के लहजे में, कि जो उससे मिलता, मित्रता किए बिना न रहता। उसके चेहरे पर फैली, स्थायी सी मुस्कान प्रत्येक को अपने सम्मोहन में बाँघ लेती थी। यह बात सन् 1975 की हे, आज जब हम 2008 में खड़े हैं तो अब समय की क्रूर हस्तलिपि सरोज के चेहरे पर कुछ और ही लिख गई है। फिर भी सरोज अब भी सरोज है, अदम्य ऊर्जा से भरपूर।

सरोज उस समय जाने-जनजाने में एक पुल सी मेरे साहित्यिक जीवन में प्रवेश कर गई थी और मैं उस पुल पर से चलकर 'कामायनी' के लिए लेखकों से साक्षात्कार करती, कभी 'रेडियो', कभी 'हिंदुस्तान टाईम्स' में शुभा वर्मा, मनोहर श्याम जोशी, शीला झुनझुनवाला—महीप सिंह, कमला सिंघवी, कन्हैया लाल नंदन से लेकर नाटकों की दुनियाँ के फैज़ल अलकाजी तक जा पहुँची थी, मेरी साहित्यिक यात्रा में लोग जुड़ते गए कारवां बनता गया। मेरे लिए, हाँ, कम से कम मेरे लिए सरोज एक ऐसा **'बुलंद दरवाजा'** थी जिसमें प्रवेश करके मैं अपने परिवेश से नितांत भिन्न एक ऐसे रहस्यात्मक संसार से साक्षात्कार कर ही थी जो मेरे लिए तब तक अजनबी था, या शायद अब भी है। जब भी सरोज को मिलती मैं उसे हैरत से देखती रहती थी, कंधे पर बड़ा सा झोला लटकाए, जो अक्सर काले रंग का होता था, हाथ में रफ पैड और उसकी उँगलियों में हमेशा एक पेन फँसा होता था। सरोज चाहे किसी साहित्यिक गोष्ठी में बैठी हो, नाटक का मंचन देख रही हो, भीड़ भरे रास्ते पर ऑटोरिक्शा के धचके भरे सफर में जा रही हो, वह हमेशा अपने रफ पेड़ पर कुछ न कुछ लिखती रहती थी। आज भी याद आने पर सोचती

हूँ तो लगता है वह हर पल अपनी आत्मा-चेतना में ज्ञान का कोष समृद्ध करने में जुटी थी या अपनी चेतना को निखारने में लगी थी, या अपने आप को विश्व प्रक्रिया से भरने में, यह तो वही जाने। परिचय के लिए सरोज ने अपना एक प्रशस्ति-पत्र कुछ समय पहले मुझे भेजा था, वह कुछ इस प्रकार था–"17 नवंबर, 1932 को जालंधर में जन्मी सरोज वशिष्ठ के पिता 42 कंपनियों के मालिक होने के अलावा कसौली के एकमात्र सिनेमा तथा शिमला के प्रसिद्ध 'डेवीकॉस' रेस्तांरा जिसे उन्होंने एक स्विस नागरिक से खरीदा था, के मालिक थे। अपनी शिक्षा काल के दौरान सरोज का नाता लाहौर के सरगंगाराम हाईस्कूल, शिमला के सेन्ट थॉमस स्कूल तथा पंजाब के सिंधवा खुर्द स्कूल से रहा और बी.ए. दिल्ली के मिरांडा हाऊस से रहा। वर्ष 1951 में वैज्ञानिक सतीश वशिष्ठ से ब्याही सरोज वशिष्ठ 1961 से 1989 तक आकाशवाणी तथा दूरदर्शन में अनुवादक, उद्घोषिका के पद पर कार्यरत रही। स्वेच्छा से सेवानिवृत्ति के पश्चात् आज वह अधिकतम् समय अनेक जेलों में समाजसेवा और साहित्यिक एवं सांस्कृतिक गतिविधियों को बढ़ावा देने में व्यतीत करती है। दिल्ली की तिहाड़ तथा हिमाचल प्रदेश की कांडा, धन्नाटी और कैथू जेलों के कैदियों के लिए प्रेरणा और आशा की मेघदूत बनी सरोज, जिन्हें तिहाड़ जेल के छोटे-बड़े सभी कैदी स्नेह से 'मौम' कहते हैं, की अनूठी एवं ऐतिहासिक जेल यात्रा का अनवरत सिलसिला 3 जुलाई, 1993 को तिहाड़ जेल से शुरू हुआ। जहाँ किरण बेदी आई.जी. (प्रिजन) के पद पर नियुक्त थी। किरण बेदी लिखती हैं "वर्षा हो या कड़कती धूप, मैंने उन्हें कारावासों में कभी-कभी लंगड़ाते हुए चलते-फिरते व्यस्त देखा है।" तिहाड़ जेल के अतिरिक्त सरोज ने 1996 से शिमला के कैथू जेल के अनपढ़ कैदियों का साक्षर बनाने का काम भी अपने हाथ में ले रखा है जिसमें नौजवान नटकर्मी कलाकार स्वयंसेवियों की एक टोली इनका सहयोग कर रही है।

ऐसे बहुत से 'प्रशस्ति-पत्र' और पुरस्कार प्राप्त करते हुए अपने चित्र सरोज समय-समय पर मुझे भेजती रहती है और मैं उन्हें पाकर उसके लिए गौरवान्वित ही नहीं होती उसके सुख और उसकी आंतरिक शांति की प्रार्थना भी करती रहती हूँ क्योंकि मैंने बहुत सा समय उसके साथ बिताया है। वह कठिन समय भी जब वह एक मानसिक झंझावत से गुजर रही थी जब सरोज को अपने बेटे गप्पू जी की बीमारी का पता चला था तब भी उन दिनों वह महीप जी से पूछ कर रोज बंगला साहिब गुरुद्वारे जाती थी। वहाँ का पवित्र जल वह रोज सुबह लाकर गप्पू जी के सूजे हुए पैरों पर बड़ी निष्ठा से मलती थी। जब कभी चिंताएँ हद से

गुजर जाती हैं तो मन में सूक्ष्म शक्तियाँ भी जग कर बड़ी हो जाती हैं, तब जीवन की समूची ऊर्जा किसी साधना के प्रति या शायद मशान साधने जैसे असाध्य कार्य में जुट जाती है। तब नैतिक सिद्धांत धरे के धरे रह जाते हैं और उस घड़ी में अचानक ही मन में चिंताओं के स्थान पर कुछ प्रदीप्त होकर जग जाता है, रूपांतरण। उन दिनों सरोज केवल एक 'माँ' थी, साधारण सी जननी, गप्पू की मरणसन्न देह को ''आल इंडिया मैडिकल इंस्टीट्यूट'' में भर्ती करवाकर महीनों केवल एक तीमारदार-नर्स या पथराई रबड़ी माँ बनी रही थी। सतीश किडनी दे रहा था गप्पू ले रहा था, मानवीय क्षमताओं का कौशल, मैडिकल साइंस की अजीबोगरीब उपलब्धियाँ, दो ऑपरेशन एक साथ, उस कठिनाई के पल में उसके साथ कोई नहीं था, वह अकेली 'एम्स' के कॉरीडोर में चक्कर काट रही थी। केवल मैं दहशत के उस पल में उसके साथ थी। मैं जानती हूँ वह गहरा अकेलापन कितना बोझिल था और यह भी कि महीनों तक सरोज के तन-मन पर दशरथ की तलवार सा, कच्चे धागों में बँधा सिर पर रखा था मृत्यु का यमदूत। मैं जानती हूँ वह सरोज ही थी जिसने गप्पू जी की मरणसन्न देह में प्राण फूँक दिए थे, वह उसे सावित्री की तरह यमदूत की गिरफ्त से लौटा लाई थी। डॉक्टर तो केवल डॉक्टर होते हैं। चाहे उस समूचे घटनाक्रम के बीच उसके लंबे बाल कट कर छोटे हो गए थे, शरीर, शरीर न रहकर मशीनी हो गया था—यांत्रिक। क्योंकि उस समय सरोज का धैर्य या मिशन केवल गप्पू था, गप्पू को जिलाना था। वह घर के सारे काम अपने हाथों से करती थी, घर को किटाणु रहित रखने में व्यस्त रहती थी। उसके घर कोई आ जा नहीं सकता था, मैं भी फोन पर हाल पूछ लेती थी। ऊपर से बेतहाशा खर्च ऐसी बीमारियों के इलाज और दवाईयाँ इतने सस्ते कहाँ होते हैं। उसके लिए दिन रात जी तोड़ मेहनत, अनुवाद आदि का काम इतना, वह सरोज जैसी जीवट महिला के बस की ही बात थी, अनन्य सेवा और डेडीकेशन, उसने किया या कर दिखाया। मौत के मुँह से गप्पू को जबर्दस्ती खींच कर ले आई। परंतु जैसे ही गप्पू जी ठीक होकर जापान चला गया तो सरोज फिर एक झटके से उठी और अपनी उसी कर्मठ मुद्रा में तिहाड़ जेल जा पहुँची। किरण बेदी के पास। जब वह काफी दिन गायब रही तो मैंने पूछा ''क्या करती हो?'' ''मैं तिहाड़ जेल में 'स्टोरी टैलर' हूँ। सचिन वार्ड के कैदी लड़कों को कहानियाँ सुनाती हूँ। उनसे बातें करती हूँ। उन्हें हँसाती हूँ, उन्हें...'' मैं जानती हूँ उनको हँसाने के पीछे अपने कितने आँसू पीती होगी सरोज।

''कैसी कहानियाँ सुनाती हो उन्हें''? ''पंचतंत्र से शुरू किया है फिर प्रेमचंद,

फिक्र तौसवीं की रचनाएँ ताकि उनकी आत्मा का विकास हो सके।" सरोज परिश्रम और साधना दोनों में ही जी जान से जुट गई, फिर क्या था, उसने लोगों से माँग-माँगकर तिहाड़ जेल में टेलीविजन लगवा दिए-जेल में बाइस पुस्तकालय खुलवा दिए। जेल के दमघोट वातावरण में वार त्यौहार मनाए जाने लगे—नाटकों का मंचन होने लगा, यही नहीं जेलों को नया नाम दिया जाने लगा 'आश्रम' और तो और वहाँ व्यायाम के साथ-साथ 'मैडीटेशन' कैंप भी लगाने लगे। जैसे-जैसे काम बढ़ते गए सरोज हमारी कौफी सभाओं और गोष्ठियों से गायब होने लगी। जेल के बाशिंदों के टेलेंट को उकसाया, दोड़, भागकर उनकी रचनाएँ जमा की, और यहाँ-वहाँ से धन इकट्ठा करके उनकी रचनाओं को पुस्तकों के रूप में संग्रहित कर दिया। जेल के निर्णय, विकल्प योजनाएँ और उस अनोखे उत्तरदायित्व को वह बड़ी तत्परता से निभा रही थी या निभा रही है, 2008 में हिमाचल के जेलों में अब भी। धन, सरोज का मुद्दा कभी नहीं था, शायद वह उतना खर्च करती है जिसमें जिया जा सकता है। स्कूटर, गाड़ी, रिक्शा किसी में भी चढ़कर जहाँ जाना होता है पहुँच जाती है और लोगों की तरह, उसने कभी किसी से सवारी की माँग नहीं की। वह तीन-तीन गाड़ियों की मालकिन रह चुकी है। परंतु गाड़ी का न होना कभी उसकी कोई मजबूरी नहीं बनी। मुट्ठी भी उसकी कभी बंद नहीं थी, न अब है, पहले भी इतनी अमीर-फकीर थी जितनी अब है, तब भी हम सबके जन्मदिन पर अच्छी पुस्तकों के उपहार भेजती थी, अब भी भेजती हैं। वर्षों पहले जबसे जेलों की 'स्टोरी-टैलर' बनी थी तब से अब तक मानसिक रूप से आनंद मग्न चाहे वह हे, परंतु उसका शरीर, शरीर उसका कैरियर भर रह गया है। ज़िसे ढोना उसकी मजबूरी है। दाँत गिर गए हैं, पैर चल-चल कर ठीकरा हो गए हैं, शायद इस कारण कि "जा के ना फटी बिवाई, ओ क्या जाने पीर पराई", सारे शरीर पर एक नैगलेक्ट ओढ़े अपने फक्कड़पन में वह केवल मन है, ध्येय है, कर्त्ता है, कम्रवीरता में जुटी सैनानी। सरोज अपने झुमके, चूड़ियाँ शारीरिक ग्लैमर से दूर जा चुकी है, जा रही है, क्योंकि उसे जाना है, बहुत आगे, अतिक्रमण करना है। जिस मनोवृत्ति की लहर से उद्वेलित होकर सरोज किरण बेदी के पास चली गई थी उसी मानसिकता के साथ वह अचानक शिमला में रहने बसने का फैसला कर बैठी। शिमला ने उसके लिए नए सिरे से संभावनाओं के खेत बोए हैं। तभी अपने गाँव गोडना की पुष्पा जैसी बेहद लाचार युवती के चार ऑपरेशन करवाना, उस हाल में भी उसे शिक्षित करके गाँव के ही स्कूल में नौकरी दिलवाना, सरोज के बलबुते का ही काम है। ऐसे लोगों के लिए वह

सब मित्रों, संस्थाओं से धन जुटाती फिरती है—मुझे अच्छा लगता है, उसके महायज्ञ में एक नन्हीं सी आहुति देना। बता रही थी अब पुष्पा की शादी एक गनमैन से हो गई है और अब उसका एक बेटा भी है। उसे एक अच्छी गृहणी बनाकर ही दम लेगी सरोज। यही नहीं जेल से छूटे अपने शर्गिदों को भी फलों का ठेला करवा देना या किसी की सिफारिश करती दफ्तरों के चक्कर काटती मिल जाती है सरोज। अपनी कर्मठता में जुटी हुई, उसने शरीर छोड़ा है अवसर को नहीं, कर्म को नहीं। उसके लिए गीता, कुरान, बाईबिल सब व्यर्थ हैं। उसका 'कर्म' उसका धर्म है। सतीश वैज्ञानिक है, प्रकृति के रहस्यों की खोज में जुटा हुआ जहाँ हिरोशिमा, नागासाकी, या पोखरन ईजाद हुए—परंतु सरोज, सबके जीवन के कंकड़ बटोरती हुई, हमेशा प्रसन्नचित...मुस्कराती हुई जैसे "अनहद बाजे बाँसुरी" की धुन पर गुनगुनाती चली जा रही है। क्योंकि उसके लिए वास्तविकता केवल 'जीवन' है।

कुछ वर्ष पहले सरोज का पहला कहानी संग्रह 'अपने-अपने कारावास' जब मैंने पढ़ा था तो एकाएक भौचक्की रह गई थी, ऊपर से हँसती, मुस्कराती सरोज, भीतर से कितनी अकेली टूटी हुई खण्डहरी लगी थी। उसके सीने के बवंडरी तूफान से पहली बार मेरा साक्षात्कार हुआ था। मैं उसके वैवाहिक सुख को गलत समझी थी, 1947 में शिमला के 'स्कैंडल-पॉइंड' से वह सतीश की हो गई थी। उन्होंने प्रेम विवाह किया था और तब से अब तक अपने द्वेषमय जगत और यंत्रीय जगत के मध्य तारतम्य बैठाती हँस-हँस कर जी भी रही है। पर क्या सच में सरोज वही सरोज है जो फुर्ती से चलती लंगड़ाती सामने से जा रही है। कभी पसीने-पसीने होती खुली साँस के लिए अपनी बार-बार उठती खाँसी से संघर्षित, घड़ी छटपटाती है। फिर उठकर अपनी जल्दबाजी में लिप्त घिसट कर अपने गंतव्य पर ऐसे सहजता से पहुँच जाती है ऐसे जैसे कभी कुछ नहीं था।

ज़िन्दानी में उसकी, नई नकोर रचनाएँ जो उसने शिमला और अपने गाँव घोड़ना जाकर लिखी हैं, उन सभी रचनाओं में एक प्रतिध्वनि है। बैकग्राऊंड में बजता वह संगीत है जो फिल्मों में अक्सर नायक-नायिका की मृत्यु के क्षण दर्दीले स्वरों में उठता हैं वह कहानी चाहे, 'एक वह पल' हो या 'जिंदानी' या 'मैं हूँ न' या 'इंतजार' या 'दुर्घटना'। सभी कहानियाँ मृत्यु के आरंभ होकर मृत्यु की कगार पर आ खड़ी होती हैं और उस बिंदु पर एक शीतलहर फुरफरी सी पाठक के मन प्राण पर हावी हो जाती है। 'एक वह पल' में सरोज ने खुद लिखा है "यह मौत भी एक अजीब चीज है। मौत-जिस्म के किसी अँधेरे कोने में अलार्म

लगा के मीठी नींद सोती है, अलार्म बजे न बजे, कब जागना है, नींद में भी उसे खबर होती है।''

सरोज उन लोगों में से जो ऊपरी तौर पर संसारी हैं, संसार के समूचे उपभोग में विश्वास नहीं किया, ना ही तयशुदा जीवन उसने जीने का प्रयास किया, उन्मुक्तता उसका पहला गुण है। फिर भी वह दृढ निश्चयी है और अपनी संतुष्टि में मग्न, अपनी असलियत को छुपाने के लिए वह किसी अँधेरे आवरण को भी नहीं ओढ़ती, जीवन उसके लिए गंभीरता पूर्ण मस्ती है। पता नहीं सरोज यांत्रिक है या तांत्रिक, परंतु मायाविनी अवश्य है। पहली बार जब मैं शिमला गई तो उससे मिलना मेरे लिए नितांत आवश्यक था, वैसे तो वहाँ सुशील जी की 'चेंबर्स ऑफ कामर्स' की मीटिंग थी और उनके कार्यक्रमों में मुझे भी उपस्थित रहना था—परंतु सरोज का कोई क्या करे? उसने इतवार के दिन रेडियों स्टेशन खास खुलवाया और मेरे साक्षात्कार सहित कविताओं की रिकार्डिंग भी करवा दी। दूसरे दिन भी सुबह सवेरे आ पहुँची और कहने लगी 'चल तुझे हिमाचल के गर्वनर से मिलवा दूँ'

''किसलिए'' मैं असमंजस में थी। ''अरे कुछ भी बात कर लेंगे, वह जानते हैं तेरे बारे में। एक बार तेरी किताबें दे आई थी उन्हे।''

''ठीक है'' उसके चेहरे की अचल ज्योति वैसी ही निर्विकार थी—दपू-दपू जलती हुई।

रास्ता बातों में कट गया 'गवर्नर हाऊस' के दरबान को मुस्कुरा कर सरोज का ''भईया जी दरवाजा खोलो'' कहना भर था कि वह क्या, माली, सिक्योरिटी के तैनात सिपाही, गवर्नर का सैक्रेटरी उसे अदब से सलाम झुकाते आदर सहित भीतर ले गए। गवर्नर कक्ष में प्रवेश किया तो श्री विष्णु कांत शास्त्री वहाँ कुर्सी पर आसान थे, बड़ी गर्मजोशी से मिले, चाय के प्याले पेश किए गए, सौम्य आचरण व्यवहार। मैं स्तब्ध, कुछ काम तो था नहीं, बस अपनी लेखनी, लेखकीय यात्रा, फिर 'संवाद' की गोष्ठी शिमला में हो सके। एक इच्छा, एक सुझाव, बस और तो मुझे कुछ कहना नहीं था, हम बाहर आ गए। निकट भविष्य में शिमला में 'संवाद' की गोष्ठी कब कैसे कर पाएँगे, की संभावना पर बातें करते रहे। फिर सरोज ने एकाएक आँखें तरेर कर कहा ''पागल है तू, उनसे अपने लिए 'अवार्ड' आदि की बात कर लेती, या फिर यहाँ की अकादमी की फैलोशिप ही माँग लेती, लोगों की तो चप्पलें घिस जाती हैं यहाँ चक्कर काटते हुए, और विष्णुकांत शास्त्री जी से समय ही नहीं प्राप्त कर पाते वह लोग और तू है पूरी की पूरी ईडियट।''

''कम-आन सरोज तू तो मुझे जानती है, मेरे भीतर वैसी कोई आकांक्षा

कहाँ है—कितना छोटा-होना पड़ता है, माँगने के लिए, न बाबा न, मैं भिखारी नहीं बन सकती।'' ''तो क्या तुझे घर पर बैठे मिलेंगे एवार्ड, पागल, इस जमाने में अपनी तूती खुद बजानी पड़ती है...खुद को परिभाषित करना पड़ता है, बाकी लोगों को देख..।'' उसने कहा था।

''नहीं सरोज मुझसे वह सब नहीं होगा, साहित्य मेरा आनंद हे, मेरा नितांत निजी अनुभव, जो मौन में उपजता है मेरे अपने भीतरी शून्य में खो जाता है।''

''ऐसे ही रहना तू, निर्लिप्त, यही तेरी असलियत है जो तुझे औरों से अलग खड़ा करती है।'' उसने प्यार से कहा था।

''अरे तू भी तो सरोज जेलों के अंदर बाहर धक्कम-धक्का होती, दरवाजों के आर-पार कैदियों की जिंदगी में केसर बोती...कितने पुरस्कार पा चुकी है बता तो और फिर यह कुर्सियाँ पर बैठे लोग अंधे नहीं होते, उन चापलूस चिरौरियों से उठकर बेहतर दृष्टा हो जाते हैं, उनकी अवलोकन की क्षमता बढ़ जाती है और फिर तेरा यह गवर्नर यह तो संत जैसा हे, महात्मा रूप, संत साक्षी होता है, सरोज, चुनाव करना उन्हें आता है।''

ऐसे ही एक दिन मुझे एक बेहद लंबा पत्र मिला, साफ-सुथरी हिंदी की लिखावट, जिसमें 'हँस' में छपी मेरी कहानियों पर अच्छी खासी समीक्षा की गई थी। पत्र किसी सुधीर नामक कैदी का था और वह उन दिनों गोवा की जेल में बंद था। मैं पत्र पढ़ती गई और एक अनुभूतिमूलक सरसराहट मेरे भीतर उतरती गई। सुधीर के पत्र की भाषा, उसकी आलोचना काफी सुलझी हुई थी। बाद में पता चला कि हँस उसे राजेंद्र यादव जी भेजते रहते हैं और मेरी किताबें उसे सरोज की कृपा से प्राप्त हो चुकी थी। सरोज ही उसे लिखने को उकसाती थी, दिशा निर्देशक बनी हुई अब सरोज के पत्र की बारी थी, वह यह कि सुधीर को जेल में कागज पैन आदि की उतनी सुविधा नहीं है जितनी उसकी जरूरत है, और मैं उसकी आर्थिक सहायत करूँ। सुधीर के पत्रों का उत्तर देना, उसे हर महीने चैक भेजना मेरी मजबूरी हो गई थी। वह बकायदा पत्र लिखता रहा, उसके जीवन से, उसकी जेल की घटनाओं से भी मैं यदाकदा वाकिफ होती रहती थी और सुधीर के हर बार के पत्र में पाती थी कि उसका एक नया विकास हो रहा है जो अपनी जीजिविशा, के साथ-साथ वह एक अच्छा नागरिक लेखक आलोचक के रूप में पनप रहा था। अब बहुत दिनों से उसका पत्र नहीं मिला, यादव जी, से ही अता-पता चला था कि वह जैसे जेल से छूट आया है और सरोज का पता माँग रहा है। मैं जानती हूँ वह अब तक सरोज के पास पहुँच गया होगा

और मुझे पूरा विश्वास है सरोज उसके नए अवतरण में लगी होगी कि उसकी शेष जिंदगी को पटरी पर बैठाने में। हाँ आज सुधीर आजमगढ़ में एक लायब्रेरियन के रूप में स्थापित हो गया है, उसकी कहानी अपने आप में एक लंबी दास्तान है परंतु उसमें योगदान है भारत के लेखकों द्वारा लिखे गए साढ़े चार हजार पत्रों का है जो सुधीर के थैले में कैद हैं। सुधीर को मेरठ के आई. जी. विभूति नारायण ने पुस्तकालय का काम और रहने खाने की व्यवस्था करके उसका जीवन सुधारने का प्रयास किया है।

राजपथ पर चलना, चलते जाना तो बहुत आसान होता है, एक साधारण सी यात्रा, परंतु जो ऐसी भीड़ के साथ चले जिनके जीवन में केवल काँटे और नागफनी के बीहड़ जंगल हों, उस यात्रा को, क्या नाम देंगे आप? चुनाव सरोज का है, उसने अँधेरी रात को चुना है सितारों को नहीं, सरोज ने साफ-सुथरी सड़क को त्याग कर कूड़े कचरे से भरी पगडंडी को अपनाया है। उसका जीवन विपरीतताओं का जोड़ है और वह है कि उसी में अपनी शीर्ष आसनी मुद्रा में फ्रीज हो गई है।

''खुद अपने ही अंदर से उभरता है वो मौसम,
जो रंग बिछा देता है तितली के परों पर।''

खुशवंत सिंह की आत्मकथा पढ़ते वक्त मुझे लगा कि उन्होंने ठीक ही कहा। I am fully aware of the brevity of life: there is so much to do so little to do it is ''जितनी बहादुरी से समय की क्षणभंगुरता को सरोज ने अपने आंचल में संभाला है उसे पल पल जिया है, उसे व्यर्थथा में खोया नहीं है वह सबके बलबुते की बात नहीं है। मुझे लगता है किसी के जीवन के समानांतर चलकर उसका साक्षित्व रखना उसमें अहष्य रूप में दाखिल हो जाना एक प्रयास है, घटना नहीं है, एक उप-उत्पत्ति है—उसकी अपनी समग्रता है। सरोज आज कंप्यूटर पर धड़ाधड़ काम करती है। आस-पास के घरों के लोगों से ही नहीं परिंदों से, चीड़ और पाईन वृक्षों से रिश्ता जोड़े अपने सेब के बगीचे के मालियों पड़ौसी किसानों से हँसी ठठ्ठा करती अपनी अहंकार हीन आत्मा में कहीं गहराई से अपने विद्वान बेटे गप्पू जी को जी रही है। गप्पू जी उसी के प्रोत्साहन से जापान ही नहीं विदेशों में भी अपने काम से जाना जाता है मान सम्मान पाता है। गप्पू के कारण ही अभी तक उसके भीतर का कोई सेतू टूटा नहीं है, ना ही उसके अंदर उसकी चेतना का किसी प्रकार की साइकिक दीवारें खड़ी हो पाई हैं। हाँ, वह खुद शिमला की ठोस पाषाणवत धरती पर धीरे-धीरे जड़ें जमाकर एक विशाल छायादार वृक्ष

की तरह तनकर खड़ी हो गई है, वह वृक्ष जिसमें कभी फूल खिलते हैं कभी ढेर सारे शबनमी आँसू।

पहले जब हम त्रिवेणी कला संगम की कैंटीन में कॉफी पीते थे वहाँ की संचालिका पूरण आचार्या, जो, कैंटीन चलाती थी, हमारे बीच कभी-कभी शामिल हो जाती थी—नाटकों के पात्र, नाटकों के कथानक आदि का विवेचन लगे हाथों हो जाता था। पूरण आचार्या की मौत अचानक तो नहीं हुई थी, मौत स्वाभाविक भी हो तो उसके पीछे कारण अवश्य होते हैं ऐसा मेरा मानना है। 'न्यू वेव' समाचार पत्र में सरोज द्वारा लिखी एक बहुत भावभीनी श्रद्धांजलि छपी थी। बस तभी सरोज का फोन आ गया था—कुसुम, तू पूरण आचार्या वाली औबीच्यूरी काट कर रख ले जब मैं मरूँगी तो, तू वैसा ही कुछ लिखना, या ऐसा कर अभी लिखकर मुझे दिखा दे—मरने के बाद मुझे कैसे पता चलेगा तूने क्या लिखा।"

"और अगर मैं ना लिख पाऊँ तो?"

"मुझे वहाँ भी पता चल जाएगा कि कुसुम, ने दोस्ती नहीं निभाई।"

उसकी वह हंसी, ब्रम्हांडीय जैसी, मृत्यु पर कौन हँस सकता है? ऐसे पौल वैलेसी ने भी तो कहा "Death speaks to us with a deep voice but has nothing to say" परंतु मृत्यु उसके और हमारे बीच बिचौलिए की तरह आकर खड़ी जो जाएगी, सरोज दैहिकता से उठ जाएगी तो भी, मैं जानती हूँ वह जहाँ कहीं भी होगी शिमला में या घोड़ना में या फिर किसी दूर की आकाशीय वादियों में, उसका 'ई-मेल' मुझे मिल जाएगा—जिस पर लिखा होगा कबीर का यह दोहा—

"बिन नैनन के सब जग देखें, लोचन अचते अंधा।
कहैं कबीर कछु समझि परि है, यह जग देख्या धंधा।"

मुझे ही नहीं, और भी बहुत से लोग होंगे संबंधहीन संबंधी, गोलू, नीरू, पुष्पा, रूचि या सुधीर, कारागारों की सीकंचों के भीतर या बाहर जिन्हें उसकी मानवीय आत्मा 'बिन नैनन के सब जग देखें' खुली आँखों से देख रही होगी—जग का धंधा—गोरखधंधा और नैपथ्य में कहीं बज रही होगी मृत्यु की कोई उदास धुन...जैसे 'अनहद' बाजे बाँसुरी।

कुसुम अंसल

एक टिप्पणी

मैं उस सरोज को अपने मन की तहो के भीतर से कभी कभी निकाल लाती हूँ जो 1963 में आकाशवाणी की विविधभारती सेवा में उद्घोषिका थी। मैं डोगरी समाचार वाचिका थी, मेरी युनिट में चार पाँच लोगों की निगाहें मुझ पर रहती कि मैं उनके डुग्गर की लड़की गलत सोहबत में न पडूं और उनके मुताबिक सरोज जी से ज्यादा गलत सोहबत और कहीं न थी। सरोज हाथ भर-भर चूड़ियाँ पहनती, काली फिरन व काली एलिफैंट पैंट पहनती, बड़ा सा टीका लगाती और खिल-खिला कर हँसती रहती। सब कहते उससे बात नहीं करनी। पर डोगरी समाचार कक्ष में बैठे बैठे जब मेरा मुँह दुखने लगता तो मैं सरोज जी के स्टूडियों में जमा गैन्ग में चोरी चोरी इस तरह जा शामिल होती कि मुझे कोई न देखे।

उन दिनों पहाड़ी से गिरता एक जलप्रपात, नाचता भोर खिलते फूल की मांनीद थी सरोज।

जब 1984 में मैं मुंबई से दिल्ली आकर फिर यहाँ आकाशवाणी में आ गई तब, सुब भरुकवा तारे की छाँव में आकाशवाणी के प्रांगण के किसी कोने में बैठी उदास सरोज को देख कर हैरान रह गई। फिर अचानक उनके तिहाड़ जेल में बंदियों की मौम बन जाने के किस्सों ने उन अभागों के प्रति प्यार और सेवा के लिए हमेशा तत्पर व्यक्तित्व अनुवाद और लेखन मुझे थोड़ा हतप्रभ करते रहे। उन्होंने मुझे कभी कुछ नहीं बताया। इधर-उधर से सुनकर लगा नहीं बताया अच्छा किया। एक के मुँह से उसके बच्चे की बीमारी के बारे में सुनना दूसरी माँ के लिए मौत से कम नहीं है। माँ होने के बाद माँ की हर साँस बच्चे के साथ उठती गिरती है।

ज़िन्दानी कहानी संग्रह में हर जगह सरोज है और उनकी उठती गिरती साँस है, जो अब अपने विदेश के बसे पुत्र के साथ तो उठती गिरती ही है।

अपने आस-पास प्रकृति के साथ जी रहे पौधों, दरख्तों और पक्षियों के साथ भी वैसे ही धुली रहती है जैसे अपने मित्रों, सहयोगियों और सहकर्मियों के साथ। सरोज जी कभी अकेली नहीं है, उनके पास में गुज़र जाने वाला भी उनका अपना हो जाता है। मैं उनके इस रूप को, व्यक्तित्व को सलाम करती हूँ। अब आइए उनकी कहानियाँ पढ़ें।

पदमा सचदेवा

अनुक्रम

ज़िन्दानी

बाजरे दा सिट्टा तली ते मरोड़या, जुत्ती कसूरी पैरीं न पूरी फिर वी रब्बा चलना पया, और वह शिव कुमार बटालवी की पंक्तियाँ-शिखर दोपहर सिर ते मेरा ढल चल्लाया परछावाँ, कबराँ उडीकन मैंनू, जिवैं पुत्तरा नूँ माँवाँ।

क्या होती है "माँवाँ" जो अपने बैटों के इंतजार में बैठी रहती है। कितनी मूर्ख होती है यह 'माँवें", और कितनी मजबूर। आखिर इन पुत्तरों को जन्म देने के लिए जो यातना यह "माँवें" झेलती है, उसे कोई और कैसे समझ सकता है?

मैं और सतीश दूध लेने के लिए अपने घर से एक ही फर्लांग दूर मदर डेयरी डिपो तक अपनी कार में बैंठ कर गए थे। मैं गाड़ी में ही बैठी थी और जब सतीश दूध लेकर लौटे, तो मैं फूट-फूट कर रो रही थी।

"क्या हुआ? क्यों रो रही हो?"

हमेशा की तरह मैंने सतीश को पूरी तरह से कन्फ्यूज़ कर दिया था, जाने-अनज़ाने ही सही, लेकिन मैंने ऐसा किया जरूर था

"क्या हुआ?"

"वह देखो, वे दोनों कैसे उस स्कूल बस को देख रहे है।"

"इसमें क्या अज़ीब बात है कि वे दोनों अपने बच्चे की जाती हुई बस को देख रहे हैं?"

बहुत गुस्सा आया था मुझे। किस पर, यह मैं नहीं बता सकती, लेकिन मुझे गुस्सा आया जरूर था। मदर डेरी के बाहर रोज यह बस आती है। भूरे और मटमैले-से रंग की बस और इन्हीं रंगों की स्कूली बर्दी पहने बच्चे रोज पढ़ने जाते है। जिस चीज़ ने मुझे जरा ज्यादा ही विचलित कर दिया था, वह था उस युवा माँ-बाप के स्कूटर का रंग। यह दोपहिया स्कूटर भी उन्हीं भूरे और मटमैले रंगों

से निगाहें टिकाए थे, जिसमें उनका बेटा पढ़ने के लिए अपने स्कूल जा रहा था। वह तब तक उस बस पर निगाहें टिकाए वहीं जड़ खड़े रहे थे, जब तक हरी बत्ती पार कर बस मथुरा रोड पर मुड़ नहीं गई थी।

"हद हो गई, इसमें रोने की क्या बात है?"

"आप नहीं जानते, जिस बेटे को ये इतने, अनुराग, दुलार से विदा कर रहे हैं, वह तो बड़े हो का पीछे मुड़ कर इनको देखेगा तक नहीं।"

"यही चलन है।" सपाट-सा व्यावहारिक उत्तर था।

"जानती हूँ, समझती हूँ, लेकिन इसका अर्थ यह तो नहीं कि यह ठीक भी है। यह भी मानती हूँ कि जो बच्चे कभी पीछे मुड़कर नहीं देखते, उसमें ज्यादा गलती माँ-बाप की ही होती है।"

कितने साल गुजर गए है, तब गप्पू की उम्र सिर्फ पाँच साल थी। एक दिन आया था मेरे पास-रसोई में। बड़ा ही चिंतित था, "सुनो मौम, मैं तुम्हें एक मर्सिडीज़ कार ले दूँगा, क्या तुम मेरे बच्चों को स्कूल ले जाया करोगी?"

"क्यों नहीं? तू तो जानता ही है, तेरी माँ कितनी घुमक्कड़ है। वैसे भी तब तक मैं बूढ़ी हो जाऊँगी, नौकरी से मुक्ति मिल जाएगी, खूब मौज मारूँगी तेरी मर्सिडीज मे।"

आश्वस्त हो गया था वह मेरे वादे से, मेरी ही जान का टुकड़ा। वह इस तरह के प्रस्ताव मेरे सामने अक्सर रखता था। कुछ ही दिन पहले कह रहा था "मैं बड़ा होकर तुम्हें एक एयरकंडीशंड रसोई बनवा दूँगा।"

ऐसा नहीं कि मेरे पास गाड़ी नहीं थी या रसोई नहीं थी, लेकिन शायद उसे लगता कि 1937 की हिलमैन कार और 1946 में बने इस मैले-कुचैले रसोईघर से अपनी माँ को कैसे उबारूँ। मुझे तो हैरानी तब हुई थी, जब वह दस ही मिनट बाद लौट आया था, "मौम, इज इट ओ.के. इफ आई बाई यू अ जीप एंड गिव द मर्सिडीज टू माई वाईफ?"

"ऑफ़कोर्स, इट्स ओ.के. जीप में तो मेरे और भी मजे रहेंगे, फर्राटे मारती हुई मस्ती करूँगी।" उसकी आँखों में साफ-साफ लिखा था, "मेरी माँ कितनी अच्छी है।" यह मुगालता मुझे अपने बारे में हमेशा रहता था, आज भी है, लेकिन आज वह इसे नहीं स्वीकार करता। आज मुझे लेकर उसे अगर कुछ है, तो सिर्फ एतराज, न तो मुझे, चलो छोड़ो, अब क्या-क्या गिनवाऊँ। मेरा सब कुछ ही तो उसे नापसंद है।

अभी कल ही की तो बात है। दरशी अपने डॉक्टर पति के साथ छः महीनों

के लिए शिमला जा रही थी। लोगों को प्रदूषण या गरमी से बचने के लिए दिल्ली से पहाड़ों की ओर भागते तो मैंने देखा हे, लेकिन अपने बच्चों से भागते कभी नहीं देखा। और बच्चे भी ऐसे, जो नानी-नाना पर प्राण छिड़कते हों। दरशी का कहना था, ''जब जी चाहे, चले आते हैं। मुझसे नहीं पकते उनके मनपसंद पकवान।''

''कम ऑन दरशी, नौकर-चाकर हैं, हर सुविधा हैं, और फिर अपनी बेटियों से कहो न, खुद पका लिया करें'', पर वह नहीं मानी थी। खैर, हम गए थे विदा कहने। पहुँचे तो देखा, नीचे दो ट्रक खड़े हैं। मैं जरा ठिठुक कर रुक गई थी, क्या यह पूरा घर शिफ्ट कर रही है? तभी एक नन्हा सा, प्यारा-सा-बच्चा बाहर निकला था, मुझे देखकर चहका था, ''हम आज कलकत्ता जा रहे है।'' उसने यह जानकारी जिस अपनेपन से मुझे अपरिचिता को दी थी, उससे मुझे लगा था, मानों हम पिछले जनम के स्वजन हैं, चिर-परिचित। उस बच्चे ने मुझे पहली बार देखा था, क्योंकि मैं तो दरशी के इस घर में पहली ही बार आई थी। अनायास ही मैं पूछ बैठी थी, ''तो फिर आपके बिना हम क्या करेंगे?''

''हम आपको कोलकत्ता से फोन करेंगे।'' मैं इतनी भी हिम्मत नहीं जुटा पाई थी कि मैं उस बच्चे से कह दूँ ''पर आपके पास तो हमारा फोन नंबर ही नहीं है'' और अगर कह देती, तो उसे एहसास हो जाता कि हम एक-दूसरे को जानते तक नहीं। एक युवती ने हमारी आवाजें-एक परिचित और दूसरी अपरिचित, सुन कर पल भर को झाँका जरूर था, लेकिन परिवार अपना ट्रक लदवाने में इतना व्यस्त था कि हम दोनों ही उसे फिजूल-सा हस्तक्षेप नजर आए थे। वह भीतर लौट गई थी।

''आप मेरे घर तब आएगी, जब मेरी मॉम नानी बन जाएगी। एक बार आप मेरे घर आइए, आप कभी अपने घर वापस नहीं जाएगी।''

अपना घर? किसे कहते है अपना घर? जिसमें बच्चे हों, उनके बच्चे हों, उनके बच्चे हों, उनके बच्चे हों, उनकी स्वर-लहरियाँ दीवारों से टकराती रहें, जिसमें वे नन्हीं कलियाँ वृद्धों को एक पल चैन से बैठने न दें। घर उसे कहते हैं जिसमें इन किलकिलाती आवाजों में नाना-नानी, दादा-दादी को भगवान नज़र आ जाए।

उस बच्चे से मेरा दोबारा मिलना कभी नहीं होगा, यह तो तय था, लेकिन वह मेरी झोली हमेशा-हमेशा के लिए भर गया।

वह मई का महीना था। पहले दरशी और डॉक्टर साहब और कुछ दिन बाद हम दोनों शिमला आए थे। आज अगस्त का अंत आ गया है। दरशी फिर

बक्से बाँध कर वापस दिल्ली जाने की तैयारी कर रही है। "क्या हो गया? तुम तो कहती थी-मैं अब शिमला में ही रहूँगी। क्यों लौट रही हो?"

"क्या करूँ, वहाँ छुट्टियाँ होते ही मेरी बेटियाँ यहाँ आजाएंगी।" फिर वही राग आलाप था दरशी ने, "मुझसे नहीं पकते उनके लिए किस्म-किस्म के पकवान।"

मुझे वह दिन याद आ गया, जब गप्पू की हँसती-गाती, जीती-जागती, कुछ-कुछ कहती आँखें बुझने लगी थीं। सोफे पर लेटा वह मुझे जाती हुई नज़रों से देखता रहता था। एक दिन मुझे पास बुलाकर बोला था, "मॉम, लेट मी गो वेन माई टाइम कम्स। प्लीज प्रॉमिस, यू विल नॉट ट्राई ऐंड सेव मी।"

"ओ.के. जान, आई प्रॉमिस।" कैसा वादा किया था मैंने।

चार साल से पूरा जोर लगा दिया था आखिल भारतीय आयुर्विज्ञान संस्थान के डॉक्टरों ने। क्या होते है अठारह वर्ष? दोनों गुर्दों के नेफरोन धीरे-धीरे मर रहे थे। दुनिया में कोई ऐसी दवा नहीं बनी थी, जो इस नाश की रोकथाम कर पाए। इंतजार था, तो उस दिन का, जब गुर्दे पूरी तरह से नष्ट हो जाएँ, तो प्रत्यारोण किया जाए। जिस दिन इंदिरा गाँधी की हत्या हुई, उसी दिन मेरी जान के टुकडे के नाक-कान में से निरंतर क्षून बह रहा था। मेरे पास बेटी का फोन आया था आकाशवाणी में, "किसी को भी भीतर नहीं जाने दे रहे, बच्चे की हालत बहुत खराब है।" हाँ, उस दिन इंदिरा गाँधी के शव के कारण किसी क़ो भी आखिल भारतीय आयुर्विज्ञान संस्थान के भीतर जाने की अनुमति नहीं थी।

हमारे यहाँ रिवाज है। असंभव को संभव बनाने का समय जब आता है, तो सबकी नजरें मुझ पर ही टिक जाती हैं। उस दिन भी मैंने अपना कमाल दिखा दिया था। बाद में पता चला था कि दाखिले के समय गप्पू का हेमोग्लोबिन 2.2 था। आज लोग सुनते हैं, तो चौंक कर पूछते हैं, "जिंदा है?"

हाँ, जिंदा है। जब चार दिन तक मैं उसके निकट नहीं गई, तो मुझे बुलाया था उसने। मुझे बाँहों में भर कर कहा था, "मॉम, आई वांट टू लिव, सेव मी।"

मैं कौन होती हूँ किसी को बचाने वाली? लेकिन जो इंसान के हाथ में था, वह तो किया ही था मैंने। बड़ी मेहनत की थी डॉक्टरों ने। हेमोग्लोबिन दस हो गया, तो प्रत्यारोपण की तारीख 4 जनवरी, 1985 तय हुई थी। आखिरी डाइलिसिस था उस दिन। तारीख भी याद है मुझे 29 दिसंबर, 1984। सतीश ने कहा था, "जा कर कमरा-खाना तैयार करवा लो, हम आते है।"

हम निजी वार्ड में कमरा नंबर 210 में थे। उन दिनों डायलिसिस वार्ड निजी वार्ड से एक किलोमीटर दूर था। उस दिन हम बहुत उत्साहित थे, यहाँ तक कि

मैंने अस्पताल प्रवास के दौरान पहली बार साड़ी पहनी थी। बहुत ही बढ़िया साड़ी थी वह, पूना से आई थी, फीरोजी रंग की। जब मैं कमरे में पहुँची, तो बाहर कुसुम इंतजार कर रही थी। गप्पू के सिरहाने को छू कर मुझे अपनी बाँहों में भर कर उसने कहा था, ''मेरे बेटे को जिंदा घर लाना है तुम्हें।'' उसने पूछा और मैंने पूरी मेडिकल बुलेटिन सुना दी थी। मैं चलने लगी, तो बोली, ''कितने दिनों से कैद है तू यहाँ पर, चल मेरे साथ। तुझे कॉफी पिला कर लाती हूँ।''

''न कुसुम, तू तो मुझे डायलिसिस वार्ड तक पहुँचा दे।''

बच्चे को अस्पताल की एंबुलेंस ही पहुँचाती थी, लेकिन हमें अतिरिक्त चक्कर पैदल ही लगाने पड़ते। न जाने किस दिन वह अपने पैरों पर खड़ा होकर चलेगा? कॉफी पीने मैं जा सकती थी, अभी काफी समय था, दो घण्टे का, पर मुझे तो गप्पू की चीखें साफ सुनाई दे रही थीं। कुसुम की गाड़ी से उतरते ही मैं समझ गई थी। डॉ. एस.एन. मेहता और छः सात और डॉक्टर बड़ी तेजी से डाइलिसिस वार्ड की ओर जा रहे थे। एक नए युवा डॉक्टर की भूल से मेरे बेटे का आंतरिक हैमरेज हो चुका था। हर पंद्रह मिनट बाद इंची टेप से उसका पेट नापा जा रहा था। कैसे कटे थे वे दो दिन। हालत सुधरे पर गप्पू ने पूछा था, ''डैड, कितनी जोर से चीख-चीख कर मैंने आपको बुलाया था। आपको सुनाई नहीं दी थीं मेरी चीखें?''

''बेटा, कैसे सुनाई देतीं? यह कमरा तो पूरी तरह से मोहरबंद होता है।'' लेकिन वे चीखें मुझे सुनाई दी थीं 210 नंबर के कमरे में। तभी तो मैं कुसुम के साथ नहीं जा पाई थी। चीखें तो मुझे उस दिन आधी रात को भी सुनाई पड़ी थी, जब बिना सोचे-समझे मैंने जापान का नंबर घुमा दिया था। पता चला था, दाँत निकाला गया है और वह सचमुच कराह रहा था। गप्पू नाराज हो गया था मुझसे। वहाँ रात के तीन बजे थे। ''ऐसी कौन-सी आफत आ गई'' कैसे बताती कि मैंने उसकी चीखें सुनीं और रहा नहीं गया, बस, मार दिया था फट्टा मैंने, ''जे.एल.टी.–जस्ट लाइक दैट।''

''आप भी हद करती हो, चलो, अब किया है, तो बोलो'' सवाल तो सिर्फ संवाद का ही था न, वही टूट जाए, तो क्या रहा जाता है जिंदगी में। अब वह कैसे जापानवासी बन गया है। बीच में दोनों आए थे, दो साल के लिए, जे.एन.यू. में अपना एम.ए. करने, मैंने कहा भी था दोनों से, ''इस बीच एक बच्चा पैदा करके मुझे दे जाओ, खाली घर मुझे अच्छा नहीं लगता।''

''नहीं मॉम, ऐसा नहीं हो सकता, न जाने मुझे कब बुलावा आ जाए। मैं एंड्रिया पर बच्चे का बोझ नहीं डाल सकता।''

"मैं हूँ न, संभाल लूँगी।"

"नेवर, हाऊ कौन आई ट्रस्ट माई किड विद यू?"

"पर बेटा, हमारा वंश...नाम ही मिट जाएगा हमारा तो..."

"हद करती हो मॉम, यह बताओ, अपने वंश को फलता-बढ़ता देखने के लिए क्या तुम हमेशा जिंदा रहोगी, योर टाइम इज अप।" इतनी चिंता मेरे ही जाए को अपने अनजाए की, यह देख-सुन कर मैं चकित रह गई थी।

ठीक ही तो कहता था, और कितने साल जी लूँगी मैं, पाँच, दस, बीस. ..फिर कौन गप्पू और कौन-सा वंश?

बाजरे के सिट्टे की तरह अपनी तली पर मुझे मरोड़ कर वह दोबारा जापान चला गया है। वहाँ सदियों पुराना रिवाज है कि परिवार के वृद्ध को खुद बेटा पीठ पर लाद कर मान्यता-प्राप्त पहाड़ की चोटी पर छोड़ आता है। सड़ी लाशों, कंकालों और भूखे मंडराते कौवों के बीच वहाँ के वृद्ध अपनी यात्रा कैसे पूरी करते होंगे? इससे भी अधिक विचलित करने वाली बात तो यह है कि इस निंदनीय प्रथा का पालन तब किया जाता है, जब परिवार में एक नए जीव का आगमन होने वाला होता है। माना कि जापान के घर बहुत छोटे होते हैं, लेकिन वर्षों तक जीवन-दान करने वाले आज वृद्ध हो चुके स्वजनों की इस दुर्गति को इतना विकसित देश कैसे सहता होगा? वैसे तो हर माँ एक विफल माँ होती है, लेकिन मैं उनमें से नहीं, जो या तो मनोवैज्ञानिक की कुर्सी पर पहुँच जाएँ या फिर ऐसी हालत में कि चीख भी न सकें। खामोशी का नाग मुझे डसने के लिए बेताब है लेकिन मैंने दो कदम आगे जाकर वही किया, जो आजकल के युवा जापानी कर रहे है।

मैं उस पागलखाने दिल्ली को त्याग कर इस देवभूमि में आ कर रच-बस गई हूँ। न, न, मरने-सड़ने के लिए नहीं। आज की जापानी युवा पीढ़ी उस प्राचीन प्रथा से बहुत नाराज हो गई है। इसी आक्रोश के फलस्वरूप आज वहाँ किराए पर परिवार मिलने लगे हैं। मैं जापानियों से जरा ज्यादा ही खुशकिस्मत हूँ। बिना किराया अदा किए मुझे शिमला में एक भरा-पूरा परिवार मिल गया हे, एक नया घर मिल गया है। बरसों पहले कहीं पढ़ा था। स्वर धीरे, धीरे धीरे उभरा और 'घर' बन गया—क्या चीज होता है 'घर?' वैसे तो, एक कतरा भी ढा सकता है किसी भी घर को। नागासाकी पर जो गिरा था, वह क्या था? एक ज़र्रा ही तो था, सब कुछ तबाह हो गया था। इन ज़र्रों और कतरों को चुनौती देते हुए जापानियों ने अपने-अपने सीनों में एक घर बना लिया था उन्होंने उन खण्डहरों

में से उबरकर। क्या हुआ, अगर कसूरी जुती पाँव में पूरी न पड़ी, चलना तो पड़ता ही है न हर इंसान को हाए, ओ रब्बा।

अविचलित पहाड़ों के बीचों-बीच खड़े ये सदाबहार देवदार भी तो जीते हैं न? कभी वृद्ध नहीं होते, इन पर किसी का कोई असर नहीं पड़ता है। इन्हीं से सीखना चाहिए। ज़िंदानी बनी अपने बेटें के इंतजार में बैठी माँओं को। उन्हें चाहिए कि कब्रों से नज़रें हटा कर इन देवदारों को देखें, इन शाश्वत पहाड़ों को निहारें।

अविचल खड़े, हिमाच्छादित और गौरवमय पहाड़ों के बीचों-बीच कलकल गाती लहराती नदियों और नालों के बीचों-बीच खुद-ब-खुद उग आई है हरी-भरी लताओं से लिपटे ये अजर-अमर ऊँचे-लंबे, ऋतुओं से अप्रभावित देवदार भी तो जीते हैं—नितांत अकेले। किसने सिखाया इन्हें बर्फ की श्वेत चादर ओढ़ कर समाधि में चले जाना और फिर भी जिंदा रहना?

मैं हूँ ना

दोनों ओर पहाड़ों के बीच मेरे छज्जे के बाएँ ओर उत्तंग शिखरों से कविता के सरल स्वर सी कलकल निनाद करती पर्णांगो से घिरी नदिका निःसंग बह रही है। नीचे घाटी में सदियों पुराना छः हज़ार फुट ऊँचा पाइनस वृक्ष अचेतन लगने के बजाए तरल अनुराग की जीवित प्रतिमूर्ती नज़र आ रहा है। न जाने क्यों एकाएक मुझे खुद से ईर्ष्या होने लगी। देखना, वह सब लौटेंगे ज़रूर, चुपचाप, बिना बताए और नक्षत्रों भरे आकाश के नीचे मेरे आँगन में आ कर खड़े हो जाएँगे। पर क्या वह मेरे गोद लिए भूरे, काले बैंगनी, सफेद पक्षियों को सह पाएँगे, शायद सह जाएँ। आखिर इन्हीं के होने मात्र से, उनके फुदकने, चहचहाने और फिर अकारण अचानक भार उड़ारी उड़ जाने और फिर लौट लौट आने के कारण मैं हूँ न...। यही तो एक कारण है कि सामने वाला पाइनस वृक्ष अपनी जड़े पसारे, एक ही जगह तटस्थ बने रहने की इच्छाशक्ति इतने उत्साह से बटोर पाया है। यह पेड़ मेरा है। यह विशाल मुक्त गगन, यह पवन और नभ मेरी पहुँच से परे सामने वाली चोटियाँ और दूर टिमटिमाता वह दिया, सब मेरे हैं। अब तो गोद ली यह पाँच चीड़ियाँ भी मेरी हैं। नितांत मेरी अपनी। अब मुझे कुरलाने की कोई ज़रूरत नहीं। नी चिटिठ्ए वतना दिए तैनू चुम अंखियाँ नाल लावाँ, पुत्र परदेशी होए, जिन्हा दिया राहवाँ उड़ीकन भाँवा, अब मुझे यह पंक्तियाँ सुन कर अपनी आँखे नम करने की ज़रूरत नहीं। भावाँ होती है न ठंडियाँ छाँवा, उन बिछड़ों के बिछोड़े सहती अमड़ी जाई उनके लिए सिर्फ एक ही दुआ तो करती है—तैनू लगण न तत्तियाँ वावाँ। काहे का कुरलाना। अब यह हैं न मेरी गोद ली पाँच चिड़ियाँ, मेरी अपनी चिड़ियाँ। मैं बेशक खुद से हैरान हूँ सतीश मुझसे ज्यादा विस्मित हैं। मुझ से तो नहीं कहा पर आँखों में साफ-साफ अंकित शब्द मैंने पढ़ लिए हैं। पगला गई हैं।

जब ऐश ने अपनी बरसाती से पाँच गुणा बड़ी खुली छत पर पांच मोर पाले थे तो मैंने भी तो घोषणा की थी, 'पगला गया है।' दिल्ली जैसे शहर में आनंद लोक की एक बरसाती में अपनी होने वाली संगिनी के साथ रहता था। दोनों वास्तुशिल्प की जटिल कठिन परीक्षा के बाद अपने लिए एक सुंदर जीवन संजोने के सपनों में लीन थे। ऐसे में हर महीने दस किलो चावल गेहूँ ओर बाजरे की व्यबस्था करना एक अतिरिक्त बोझ ही तो था। अगर मुझे लगा कि मेरा बेटा पगला गया है तो तब शायद मैंने ठीक ही सोचा था और आज मैं खुद ही वहीं कर रही हूँ। यजुर्वेद में लिखा है क्रोंच पक्षी ने पानी में से दूध पी लिया था और हंस ने जल में से सोमरस। सामवेद में लिखा है प्रिय सोमरस भेड़ों के बाल की बनी छलनी से छनता है। जिस तरह अनुष्ठानी लोग सरलता, सज्जयनता से सुखद निवास के लिए यज्ञ अपनाते हैं मैंने ठीक वैसे ही इन पाँच चिड़ियों को गोद ले लिया है। ऐसा करने से पहले मैं प्रार्थना करना न भूली थी "अनगा देवः शकुनो गृह नः" ऐसा ही तो लिखा है हमारे अर्थवेद में—पक्षी हमारे घर के लिए अशुभ न हों।

सतीश की आँखों में यूँ ही नहीं उभरे थे यह शब्द—पगला गई है। इस तरह के चोंचलों, डकोसलों, पूजा-पाठों, अनुष्ठानों, कर्माकंडों से मैं हमेशा ही कोसो दूर भागी हूँ। यह एकाएक मुझे क्या हो गया है? मैं कौन से पितरों के लिए गंधरूप में चिड़ियों के माध्यम से अन्न अर्पित कर रही हूँ, क्या वह इसे ग्रहण कर रहे हैं? मैं तो श्राद के देवताओं, आदित्य, रूद्र और वसु को मानती ही नहीं तो आज मैं यह अन्न अर्पण क्यों करने लगी हूँ? बस यूँ ही एक दिन एक रोटी की चूरी बना कर थाली में घर दी थी। नन्हीं-सी, प्यासी-सी पाँच चिड़ियाँ आई थी, खा-पी कर चल दी थी। बहुत जल्दी पक्षी जगत में खबर फैल गई थी। सबसे पहले दो सेरोटी चिड़ियाँ अवतरित हुई थी। उनमें से पहले एक अकेली आ कर जंगले पर बैठ अपने संगी साथी को पुकारने लगती। अब तो एक बरस बीत गया है यह सिलसिला वैसे का वैसा जारी है। उसका साथी जरूर मंद बुद्धि है या फिर बहरा है। काफी देर तक पुकारने के बाद वह सामने वाले देवदार से उसे लिवा लाती है। फिर दोनों संग साथ दाना चुगते हैं। इन दोनों के आने से मैं धन्य हो जाती हूँ। चलो कोई तो है इस संसार में जिसे अपने संगी का साथ पसंद है। उसे लिवाए बिना वह एक भी दाना ग्रहण नहीं करती है। यह मेरे पाहुने हैं, लेकिन मुझे कितना कुछ दे जाते है।

एक दिन मैंने विचलित होकर डॉक्टर नीरू को पूछा था, "आज आई नहीं,

देखो बारह बज गए है" रोटी-दाना-चावल सब थाली में रखा था। न तो सेरौटी जोड़ा आया और न ही मेरी पाँच चिड़ियों का कुछ अता-पता था।

नीरू मेरी नासमझी पर मुस्करा दी "काम पर गई है, अब तो चार बजे लौटेगी।"

यह सच है।

हर रोज़ की तरह मैं सुबह सवेरे नहीं उठी थी लेकिन यह क्या कह रही है नीरू? चिड़ियाँ और काम पर? क्या काम करती है? कैसे पता करूँगी?

गप्पू जब तीसरी बार छात्र वृत्ति जीत कर तीसरी बार जापान गया था तो मैंने उसके शोध का विषय पूछा था। बड़े ही रहस्यमय ढ़ंग से मुस्कराया था वह "ओह मोम, यू वोंट अंडरस्टैंड" तीन साल बाद उसने अपना प्रकाशित शोध-पत्र भेजा था। तब उसकी विद्वता, विषय की जटिलता का बोध मुझे हुआ था। लेकिन इन चिड़ियों का मैं क्या करूँ? गप्पू की गहनता, योग्यता समझने में वक्त लगा था। इनका भी कर लूँगी इंतज़ार।

जब सेरोटी जोड़े ने यहाँ आना शुरू किया था तो मुझे लगा था मेरी चिड़ियों पर हमला हो गया है। लेकिन बहुत जल्दी ही पता चल गया था कि जिस तरह पोखरन सिर्फ एक वैज्ञानिक सफलता थी वैसे ही इन दो का उन पाँच को डरा-धमका कर फुदकते, चहचहाते, गाते अपनी राह चले जाना एकदम खतरे से खाली था।

फिर एक दिन देखा कि मुँह अँधेरे सजाई गई थाली पर अपनी बैंगनी गरदने झुकाएँ दो कबूतर, दाना पानी साफ कर रहे थे। यह क्या? करगिल के दोषी आई.एस.आई. प्रशिक्षित उग्रवादी भेस बदल कर मेरी चिड़ियों का हिस्सा हड़प रहे थे। हर हादसे से उभरे ज़ख्मों को सीने में छुपाने की मुझे महारत हासिल है। आखिर मेरे सामने वह जो ऊँचा सा पहाड़ है उसके पीछे भी तो कुछ न कुछ होगा ही। शुरू में मैंने सेरोटी जोड़े को अपनी गोद ली चिड़ियों का दुश्मन समझा था और फिर वह कैसे दोस्त बन गई थी। बेशक इसमें मेरा योगदान शून्य था। न तो मैं मैत्री बस में बैठ कर सीमापार गई थी और न ही मैंने शिमला शिखिर सम्मेलन में हिस्सा लिया था।

हम दोनों अपनी बेलकनी में खाना खाने बैठे ही थे कि नीचे से नीरू ने पुकारा। "एक कबूतर अभी-अभी, नीचे गिरा है, यहाँ पड़ा रहा तो रात में इसे बिल्ली खा जाएगी। मैं इसे ऊपर ला रही हूँ।"

"हाँ, हाँ क्यों नहीं" मैंने घर का किबाड़ खोला, सीढ़ियों की बत्ती जलाई। डॉ. नीरू बहुत ही स्नेहपूर्वक अपनी सुंदर कोमल हथेली में आहत कबूतर को

थामे भीतर बेलकनी में ले आई। उसे एक सुरक्षित कोने में लिटा कर नीरू ने कहा था "अब ठीक है, यहाँ बच जाएगा।" और वह लौट गई थी।

अपनी लगी लगाई थाली को नज़र अंदाज़ कर के मैं रसोई से एक मुट्ठी चावल उठा लाई थी। मेरे लौटने तक कबूतर उस सुरक्षित कोने से सरककर बेलकनी और कमरे की नियंत्रण रेखा लांघ रहा था। मैं अपनी आदत से मजबूर तेज़ कदम लौटी थी। मेरी आँखें, उस सुरक्षित कोने पर थी तभी सतीश ने मुझे चेताया था "देखों, कहीं वह तुम्हारें पैर तले दब न जाए।"

मैं चौंकी थी। क्या ढूँढने आया है यह इस पार? सतीश ने मशवरा दागा था "इसे उठा कर बेलकनी के बाहर किसी गमले में रख दो। मौका पाकर उड़ जाएगा।"

"न, न, अभी नहीं। शायद थक कर सो गया है। थोड़ा आराम कर के यहाँ से भी उड़ सकता है। हाथ नहीं लगाना है।"

ठीक ऐसे ही निडाल मृतप्राय पड़ा था न गप्पू तब अखिब भारतीय आयुर्विज्ञान संस्थान के निजी कमरा नंबर 210 में। हमने तो क्या आपातकाल में दाखिल करने वाले विशेषज्ञों ने भी तो पहले तीन दिन उसे छुआ तक न था। वह तो हमें बाद में पता चला था कि उसे अगर वह लोग छू लेते, या उसके शरीर में रक्त आधान करते तो वह निश्चित रूप से आज जापान में बैठा नाम न कमा रहा होता।

जब तक मैंने बैठ कर पहला ग्रास तोड़ा तब तक वह पूरी तरह से बेजान हो चुका था। इस जानकारी की पुष्टि के लिए डॉक्टर नीरू को ऊपर बुलाना मैंने ज़रूरी नहीं समझा था। खाने पर बैठने से पहले मैंने उसे एक छोटे से तौलिए से ढ़क दिया था। ठंड थी न। मुझे लग रही थी। मैंने सोचा इसे भी लग रही होगी। मेरे हाथ में एक कौर था और मेरे सामने पड़ा था एक मृत शरीर। मैं जान गई थी कि अब यह कभी भी मार उड़ारी यहाँ से जा नहीं पाएगा। फिर भी एक धुमिल सी आस से मैं घिरी बैठी उस पर नज़रे टिकाएँ थी। हो सकता है नींद आ गई हो। यह जानकारी, अनमने ढंग से ही सही, मैंने सतीश को चार-पाँच बार मुँह में जबरन कोर ठुसते हुए दे दी थी।

देर रात तब हम बेलकनी में बैठे रहे थे। हमारे बीच था चिर निद्रा में लीन एक कबूतर। कल सुबह जब पक्षियों को मेरी पालतू फौज आएगी तो क्या वह इसके पास रखे मुट्ठी भर चावल चुग कर चलती बनेगी।

एकाएक मुझे 1953 का वह दिन याद आ गया था जब देश के सबसे

पिछड़े उपनगर चरखी दादरी में हमारी विशाल सरकारी कोठी के पिछवाड़े खुद-बु-खुद आ से झाँकते हुए ग्रीष्म ऋतु में घिर आए बादल की तरह आनंदमग्न, बस गए असंख्य कबूतरों में से एक चल बसा था। मैं बड़े साहब की नवविवाहिता, शिफोन और मोती-हीरे पहन दिन भर आराम कुरसी पर पसरी उपन्यास पढ़ती रहती थी। बस। हाँ, मुझे आज भी एक बात ठीक से याद है। उस मातमी दिन किसी भी कबूतर ने न तो पानी पिया था और न ही एक भी दाना ग्रहण किया था। नौकर चाकर यह जानकारी मुझे दे गए थे। औपचारिकता वश मैं पिछवाड़े झाँक जरूर आई थी। मुझे तो यह भी नहीं मालूम रहता था कि कबूतरों को दाना-पानी कौन-कब डालता था। वह था एक गाँवनुमा छोटा-सा नगर, वर्ष था 1953। आज 2008 में पहाड़ों की रानी, देवभूमि, श्यामल के गाँव शिमला में बैठी हूँ। हिमालय के आँचल में सिमटा है हिमाचल और घाटियों-शिखरों की मनोरमता में लिपटा है शिमला। आज हमें सहस्त्राब्दी में कदम रखे आठ वर्ष बीत चुके हैं। इतने वर्षों में अगर हम वियतनाम को नहीं भूलें तो क्या चेचन्या को भूल जाएँगे या जाफ़ना को, जहानाबाद को या उड़ीसा की त्रासदी को भूल जाएँगे। अभी-अभी तो अपना ही चिढ़गाँव बह गया था, कैसा क्रूर बादल था वह जिसके फटते ही पूरा गाँव ही बह गया था—रातो-रात पलक झपकते ही सब कुछ जलमग्न हो गया था।

बाहर मेरी बेलकनी में एक मृत कबूतर पड़ा था। मैं पूरी रात सो नहीं पाई थी। बस यही सोचती रही सुबह उठ कर हर रोज़ की तरह दाना-पीना रखना है या नहीं? मुँह अँधेरे ही तो आ धमकती हैं मेरी चिड़ियाँ और फिर वह सेरोटी बनेरी पर बैठ अपने बुद्धु साथी को पुकारने लगती है और फिर वह बिन बुलाए मेहमान आ पधारते हैं। जनवरी, 2008 की यह विकराल रात क्यों कब खत्म होगी? यह कैसी थकी मांदी, कुम्हलाई हुई ठण्डी बर्फीली रात है? बसंत अभी दूर है, रोगहर की भूमिका निभते मगनोलिया जब निकालेंगे तब की तब देखेंगे, या फिर खुशबू महक फैलाते चट्टानों में से फूटते विस्टेरिया। इस वक्त तो मेरे जंगले पर मेरा पक्षी परिवार मौन बैठा हुआ है। मृत कबूतर की संगिनी मेरे सामने बैठी है—निस्तेज, निष्प्रेम, कितनी असहाय, मेरे सामने निर्झरों की तरह सरल सुंदर सुकोमल भावनाएँ अबाध गति से अपने उदगम से निकल प्रवाहित हो रही है।

प्रचण्डता को छूती कठोर ठण्ड के कारण नीचे मेरा खेत निर्जन बंजर भूमि में बदल गया है। इस सूखे-शुष्क खेत में दो पीले गुलदौदी के फूल हरीभरी महकती

पत्तियों में से झाँकते हुए ग्रीष्म ऋतु में घिर आए बादल की तरह आनंदमग्न, भाव-समाधि में लीन, उल्लास वितरित कर रहे हैं।

जनवरी का महीना और गुलदौदी? मैंने नीरू को पूछा "यह कैसे संभव है?"

नीरू ने बड़े सहज भाव से कहा "यह फूल अपने पितरों को श्राद्ध अर्पित कर रहे हैं।"

मुझे लगा बसंती हवा दस दिन पहले ही एक मीठा बोल मेरे कानों को छू कर बह गई है।

खलल

मुझे बहुत गुस्सा आता है, खास तौर पर जब साफ नजर आ रहा है कि गुरनाम सिंह सतीश को सिर्फ इस्तेमाल कर रहा है। पायलट गुरनाम सिंह एयर इंडिया में उच्च अधिकारी है, उसकी संगिनी गैल फ्रांसिसी दूतावास में प्रथम सचित है। शायद गैल को किसी भारतीय से विवाह रचाने की इजाजत नहीं है। मैंने स्वतंत्र भारत में पिछले चवालीस वर्षों में किसी भी दूतावास के किसी भी अधिकारी को स्थाई रूप से भारत में प्रवास करते हुए नहीं देखा है, पर गैल ने कोई तीर छोड़ रखा है, उसका तबादला कभी नहीं हुआ। कौन छः फुट दस इंच लंबे, इकहरे बदन, बिल्लोरी आँखों के मालिक, बातूनी सरदार को छोड़ किसी दूसरे से फँसना पसंद करेगा? कौन जाने जवानी के किन उन्माद भरे क्षणों में दोनों किन हालात में एक-दूसरे के नजदीक आए होंगे? क्यों एक साथ रहने का फैसला कर बैठे होंगे? जो भी हो दोनों का व्यक्तित्व आर्कषक है, दोनों के पास अपार संपत्ति हैं, दोनों रात दो बजे तक लगातार दुनिया की बेहतरीन, कीमती और अजीबों-गरीब नामों वाली शराब पीते हैं अपने सामान्य दोस्तों से उम्मीद करते हैं कि शाम चार बजे भी एक कप चाय की बजाए वोडका पीएँ और उफ न करें। वह कहीं भी हों, अपने घर में या अपने फार्म पर, उनकी चाँदी के गिलास कपड़े की थैलियों में बंद उनकी टेयोटा में उनके साथ रहते हैं।

दिल्ली से बीस किलो मीटर दूर उनका पचास एकड़ का बेरों का फार्म है, रास्तें में बड़ी निष्ठापूर्वक हर पाँच मील के बाद गाड़ी रोकी जाती है जमकर पीने के बाद आगामी पाँच मील का सफर तय होता है। पर तुर्रा यह कि वह बहकते कभी नहीं, उजूल-फजूल बातें नहीं करते, चल रही बहस, बातचीत में वैसे ही हिस्सा लेते हैं जैसे कोई चाय का एक कप पीकर लेता है। अपने द्वारा पेश किए गए तर्कों-वितर्कों की कड़ी कभी टूटने नहीं देते। इतनी मात्रा में मरिदापान

करने वाले ये लोग इतनी देर तक होश की बातें कैसे कर लेते हैं? यह मेरे लिए रहस्य ही बना हुआ है।

हमारी-उनकी मुलाकात पंद्रह बरस पहले हुई थी। सतीश और प्रीतपाल सिंह विभाजन से पहले लाहौर में सहपाठी थे और अब राष्ट्रीय भौतिकी अनुसंधान शाला में कार्यरत थे। हमारे मकान भी आमने-सामने थे। प्रीतपाल अमृतसर का उच्च शिक्षा प्राप्त पक्का जाट था, धरती का बेटा, उसे मिट्ठी की सुगंध इतनी ज्यादा याद आती रहती थी कि उठते-बैठते वह सतीश से कहता रहता "चल यार कहीं जमीन खरीदते हैं।"

प्रीतपाल में सम्मोहित करने की अपार शक्ति थी। सतीश और प्रीतपाल पहले उत्तर प्रदेश की और फिर हिमाचल की पहाड़ियों में मीलों पैदल घूम आए थे। एक बार लौटे तो पता चला बंदों ने तीस एकड़ जमीन कौड़ियों के मोल किसी ऐसी दूरदराज जगह में खरीद ली हैं जो शिमला से है तो अस्सी किलोमीटर दूर पर जहाँ पहुँचने के लिए आखिरी चालीस किलोमीटर पैदल चलना पड़ता है, बिजली का नाम नहीं, पानी भगवान की बनाई बौलियों में से इकट्ठा किया जाता है।

"करोगे क्या उस जमीन का?" मैंने तड़प कर पूछा था, "खरीदनी ही थी तो दिल्ली के आस-पास खरीद लेते।"

"सेब का बगीचा बनाएँगे।"

पता चला कि पूरे क्षेत्र में सेब का एक भी पेड़ नहीं है। पर सतीश और प्रीतपाल ठहरे उच्च स्तर के वैज्ञानिक अपना पूरा ज्ञान और धन लगा कर सौदा किया था।

"दिल्ली में रह कर हिमाचल में बगीचा कैसे चल सकता है?"

"आदमी रख लिए हैं।"

"अगर एक फूटी कौड़ी भी मिल गई तो मान जाएँगे।"

"अरे देखना मालामाल कर देंगे। तुम्हें खर्च करने में दिक्कत महसूस होगी।"

"आप लोग वहाँ पहुँचे कैसे? क्या नाम बताया घोड़ना दरबार बलसन? बड़ा अजीब नाम है?"

"गुरनाम सिंह मिल गया हमें शिमला के एक होटल में। वही ले गया। उसने पिछले साल वहीं पर जमीन खरीदी है। सौ एकड़ सेब का बगीचा बनाया है।"

"कौन गुरनाम सिंह?"

"आज शाम को आ रहा है।"

और शाम को गुरनाम सिंह और गैल निश्चित समय से आधा मिनट पहले प्रीतपाल के घर आ धमके थे। पूरी शाम घोड़ना दरबार बलसन का गुणगान सुनते-सुनाते बीती थी। मुझे लगा था दो मुट्ठी जमीन पर तिनकों का घर बनने जा रहा था। इधर से हवा का झोंका आया और उधर जा गिरा घर। मेरे दिमाग में व्यवसाय की बड़ी सीधी-सपाट तस्वीर थी। धन लगाने का सीधा अर्थ होता है धन में वृद्धि पर यह कैसा सौदा था, दस साल तक चार-चार नौकरों को पगार दो, पेड़ लगाओं, कीट-नाशक दवाईयाँ डालों और न जाने क्या-क्या मुसीबतें झेलों और आखिर में खबर मिले कि घाटे का सौदा हो गया।

गुरनाम और गैल ने हमें आगामी शनिवार उनके साथ बिताने का न्यौता दिया था। हम गए थे। मैंने अपना मत नहीं बदला था। मुझे अपने अर्थशास्त्र के ज्ञान पर बहुत भरोसा था।

सतीश ने घर लौट कर गुरनाम का हवाला दिया था, ''अगर वह दिल्ली में बैठे-बैठे हिमाचल में बगीचा चला सकता है तो हम क्यों नहीं कामयाब हो सकते।''

''हो सकते हैं। पर न तो हमारे पास गुरनाम की तरह पटियाला में पचास एकड जमीन है जो उसका वास्तविक संबल है, और न ही मैं किसी दूतावास से मोटी तन्खाह पा रही हूँ। जितना कमाते हैं उतना ही तो खर्च कर सकते हैं। मैं आपकी साझीदार नहीं बनने वाली।''

आपाधापी में न जाने दस साल कैसे बीत गए। सतीश हर दो महीने में एक सप्ताह के लिए बलसन जाते रहे। गर्मियों की छुट्टियों में हमारे बच्चे जब अपने दोस्तों, सहेलियों के साथ दो महीने वहाँ बिता कर लौटते तो मुझसे पूछते : ''व्हट आर यू डूईंग इन डैली? गो टू दरबार बलसन। लिव देयर, इट इज़ अ हेवन।''

पर मैंने अपना संपूर्ण असमर्थन, असहयोग जारी रखा। इस बीच प्रीतपाल सपरिवार अमरीका चला गया। गुरनाम गैल से भी कभी मुलाकात न हुई।

जमीन खरीदने के दस साल बाद एक दिन सतीश ने पूरा घर सेब की पेटियों से भर दिया। नजदीकी दोस्तों, संबधियों को बुला कर नारियल तोड कर बड़े शगनों से पहली पेटी खोली गई। काफी हँगामा हुआ। बच्चे बड़े हो गए थे, अपनी-अपनी नौकरियों में व्यस्त और मस्त थे। रह गई थी मैं अकेली, खाली घर आँगन देखती, कभी उनके टेलीफोन का इंतजार करती, कभी पत्रों का।

''अब के मैं भी चलूँगी आपके साथ।''

एक नया संसार देखा था मैंने। घोड़ना दरबार पहुँच कर देखा दयार और कायल के लंबे पतले हरे पेड़ थे, पहाड़ियाँ थी, शीतल वायु थी और हम दोनों थे। सतीश का कहना था, "है कोई पिकासो का चित्र जो इससे ज़्यादा सुंदर हो?"

पहली बार इस क्षेत्र में सेब की फसल उतरी थी, ग्राम निवासी बेहद दुखी थे, बाहर वाले आकर कामयाब बगीचा बना गए। हम कुकड़ी, गेहूँ और आलू के चक्कर में ही फँसे रह गए। एक दिन संदेश आया, "पायलट साब आ गए हैं वह आपको बुला रहे हैं।" हम दोनों गुरनाम और गैल को मिलने गए थे। फिर तो सारा समय इकट्ठे बिताया जाने लगा। शुरू में लगा था समुद्र से एक हजार सात सौ पचास मीटर की ऊँचाई पर एक सौ चार लोगों की जनसंख्या वाले गाँव का अकेलापन दूर करने के लिए वह हमारा साथ ढूँढ रहे हैं। फिर लगा गुरनाम सतीश की वैज्ञानिक सोच-समझ पर फिदा हो गया हैं। उसकी छोटी-बड़ी हर समस्या का हल सतीश के पास था। कोई औजार ऐसा न था—बसौला, रंदा, नैहनी, गुटका, रेती, साँवला, आरी, हर किस्म के हथौड़े-हथौड़ियाँ, मार-तोड़ झाबल, गेंती, बिरचा, फरूआ, गुनिया, कसी, और न जाने क्या-क्या जो सतीश के पास न था। कोई कीट-नाशक दवाई, प्रूनर कोई छोटी-बड़ी कैंची ऐसी न थी जो सतीश ने खरीद न रखी हो। सेब से संबंधित कोई समस्या ऐसी न थी जिसका अध्ययन सतीश ने न किया हो।

दरबार बलसन में अब बिजली आ गई थी, पानी के नल लग गए थे, शिमला से एक ही दिन में चार-चार बसें आती-जाती थीं। टेलीफोन की तारें खिंच गई थीं। बस सौ रूपया जमा करवाने भर की देर थी। धीरे-धीरे गुरनाम साँस भी सतीश से पूछ कर लेने लगा। उसके कौन से नौकर ने सेबों की पैकिंग, ग्रेडिंग, भराई, उठवाई में उसका कितना बेवकूफ बनाया है पता लगते ही गुनराम ने सभी नेपाली गोरखों को बरखास्त कर दिया। नए सिरे से नौकर रखे गए। दिल्ली लौट कर इसी आधार पर मिलना-जुलना जारी रहा। दिल्ली में सप्ताहान्त गुरनाम और गैल अपने फार्म पर ही व्यतीत करते। हमें भी निमंत्रण मिला और फिर शुरू हो गया गुरनाम का सतीश पर निर्भर रहना।

"मेरा स्प्रेयर काम नहीं कर रहा, मेरा ट्रेक्टर बिगड़ गया है, मेरी दीवार टूट गई है, मेरी छत में से पानी अंदर आता है, मेरी एक भैंस बीमार है, मेरी मुर्गियाँ अण्डे नहीं दे रहीं।" कोई अंत न था गुरनाम की समस्याओं का, सबका निदान था सतीश के पास। मुझे बेहद गुस्सा आता, "आप क्या उसके नौकर हैं। आखिर पुश्तैनी किसान है, खुद क्यों नहीं करता सब कुछ।"

"अब उससे भागा-दौड़ा नहीं जाता।"

"क्या मतलब? कुल चार ही साल तो बड़ा है आपसे?"

"तो क्या हुआ? अपने भाइयों की तरह है।"

"भाईयों की तरह है। आपका उल्लू खींचता है। गैल को किस दाम पर मिलती है शराब? पानी से भी सस्ती पड़ती है। आप पगले हो। कहाँ-कहाँ धक्के खाते हो उसके काम करने के लिए, कभी चाँदनी चौक, कभी चौड़ा बाजार, भरी दोपहरी में भटकते रहते हो। उसे तो कभी-कभी यह भी भूल ही जाता है कि आप उसके दोस्त है, नौकर नहीं।"

"तुम्हें गलती लग रही है। निहायत शरीफ इंसान है। संग-साथ का भूखा है।"

"संग-साथ का भूखा होता तो बिना मतलब के भी कभी आपको याद करता।"

एक-एक पेड़ पर बीस-बीस पेटी लायक सेब देख-देख कर मैं तो निहाल हो रही थी। मैं यूँ ही नाराज रही इतने साल। इतना सौंदर्य देखने में मैंने स्वयं को दस साल तक वंचित रखा। सिर्फ अपनी जिद के कारण। जो सुख-शांति इन पहाड़ियों के बीचों-बीच रह कर मुझे हासिल हुई वह न तो कसौली में मिली थी, न शिमला में मिली थी न नैनीताल में और न ही डलहौजी में, स्वप्निल नीले अंतरिक्ष से भी मैंने क्षमा-याचना की। जन्नत के इस हसीन टुकड़ें की तरफ पहले कभी मेरा ध्यान ही नहीं गया था। मुझे लगा मैं यहाँ अकेली बैठी एक जश्न मना रही हूँ, एक दिलनशी जश्न, जिसमें, दरख्तों की बुलंदी और उन पर लटका हुआ टुकड़ा-टुकड़ा आसमान मेरे साथ शमिल था। मैं अकेली कहाँ थी?

"सुनो गुरनाम का खत आया है। उसके घर का डंगा गिर गया है।" सतीश चिंतित था।

"अच्छा ही हुआ।"

"लिखा है अपने मिस्त्री और बढ़ई को बुलवा कर नया बनवा दो। वह इस दस तारीख को दिल्ली से रवाना हो रहा है। गैल नहीं आ रही सिर्फ कर्नल कपूर साथ आ रहे हैं।"

"हमारे मिस्त्री और बढ़ई कैसे जा सकते हैं, हमारा तो अपना डंगा तैयार हो रहा है। वैसे भी मेरे मिस्त्री वहाँ जाएँगे नहीं। याद नहीं, पिछले साल आपने इन्हें गुरनाम से ठेका दिलवाया था डंगा बनाने का। सुबह दस बजे सौ रुपया बयाना दिया था और दोपहर दो बजें वापस माँग लिया था। कभी सुना है कि

बयाना लौटाया गया हो। वह तो आप थे बीच में, हमारे यहाँ काम चल रहा था, हमारे कहने पर यह लोग माने थे रुपए लौटाने के लिए। गुरनाम सिर्फ अपने बदन की तहों की आवाज सुन सकता है, बस।''

''अरे बाबा रे, इतनी नाराजगी नहीं दिखाते। ऐसा तो होता ही रहता है। मैं देखता हूँ।

बरामदे के साथ-साथ हमारे घर की दीवार बन रही थी। पाँच फुट ऊँची बन चुकी दीवार पर भरान का काम जारी था। पत्थरों की उठा-पटक के बीच ही गुरनाम के खत की चर्चा हुई। मैं दम साधे बैठी थी। अगर यह मिस्त्री लोग मान गए तो मैं समझूँगी मैंने इन्हें पहचानने में गलती की है। सर्द हवा को काटती हुई जमनू की आवाज आई थी–

''हम तो नहीं जाने वाले उनके काम पर। हाँ अगर बीवीजी हुक्म देगी तो चले जाएँगे।''

मुझे लगा यह लोग जेब से गरीब हैं पर मन से उतने गरीब नहीं हैं जितना गुरनाम। गुरनाम है सच्चा गरीब-वह दिल से गरीब है।

ग्यारह तारीख की शाम गुरनाम और कर्नल कपूर बलसन पहुँच गए। चैकोस्लावेकिया में निर्मित पतले काँच के बारीक नमूने वाले गिलास जिन्हें छूते ही हाथ काँपने लगे और उनमें दमकती हौलेंड में बनी हाइनकेन बियर, ब्रिटेन में बने सिल्क कट के किंग साइज सिगरेट के धुएँ के बीच एस.एल. टेन-टेन टैबल से उभरती हुई बीथोविन की नाइनथ सिफनी और हमारे बीच मेज पर पड़ा दुनिया का सबसे मशहूर बीजों का केटेलॉग टोमसन एण्ड मोरगन और सामने था लौसन साइपरस पेड़, साठ फुट लंबा, रंग-बिरंगा और घना। सब कुछ महंगा, पर फिर भी कितना सस्ता, कितनी आसानी से कमाया हुआ। बीयर के गिलास तीसरी बार भर कर गुरनाम अंदर से लौटा तो हाथ में दो पैकेट थे। एक मुझे और दूसरा सतीश को भेंट किया गया। मेरे पैकेट पर छपा था ल मस्ट ड कार्टियर पेरिस। असली चमड़े का बैग था। सतीश के लिए करौन पौरून हौम की एक बोतल थी। कलोन थी, विलायती इत्र।

''गैल लाई है तुम दोनों के लिए, फ्राँस से।''

''शुक्रिया।''

''यह मैं क्या सुन रहा हूँ? तुम्हारे आदमियों का कहना है कि तुम्ळारे हुक्म के बिना मेरी दीवार नहीं बनाएँगे।'' गाँव था न। तभी तो इतनी जल्दी खबर

फैल गई थी। खुद ही जमनू ने चर्चा की होगी चाय की दुकान पर। मेरे हाथ में बढ़िया बैग था, और चेहरे पर नकाब।

सतीश अपनी आदत से मजबूर गुरनाम की समस्या हल कर रहा था। ड्राईवर को भेज कर जमनू को बुलवा लिया था। सौदा दो सौ रुपयों पर तय हुआ। गुरनाम ने अपना बटुआ निकाला और फिर वापस जेब में डाल कर बोला : "मैं सतीश साहब को रुपए दे जाऊँगा। कल तक दीवार खड़ी हो जानी चाहिए।"

शाही फरमान था। उसने प्रसन्न होकर हमारी ओर देखा था। मुस्करा कर बात की थी। चमकते जाम हमें थमाए थे। हम उसकी महफिल में शामिल थे। उसकी जादू भरी नजरें, सुगंधित साँस मेरे सिद्धांतों की दीवारें तोड़ कर उसके घर की दीवारें बनवा रही थी।

सतीश मानता है दूसरों से संबंध बनाए रखना ही मानवता है। मुझे लगा दोनों ही ऐन रैंड के अनुयायी हैं, अहम के मारे हुए व्यक्ति, व्यक्तिवाद कुछ भी नहीं, मानव का पहला अधिकार है अहम् का अधिकार। वही उसकी संपत्ति है। उन्माद है। हर्ष है। गुरनाम गैल के दूतावास द्वारा दी गई राजनयिक छूटों, सहूलियतों का और सतीश अपने अपार ज्ञान का प्रदर्शन यथा संभव उचित तरीकों से करते रहते हैं। गुरनाम कुबेर है, जो भी उसे मिलता है उसका प्रशस्ति गान करता है। अपने दरिद्र जीवन में कुछ देर के लिए उसके धन का सान्निध्य पाकर उसके संपर्क में आने वाले लोग खुश हो जाते हैं। शायद गुरनाम हुमा पक्षी है, जो हड्डियाँ तो खाता है, लेकिन जिसके सिर पर बैठ जाता है उसे धनी बना जाता है। पर नहीं, मैं तो जानती हूँ कि वह हुमा पक्षी भी नहीं है, वह मात्र एक शिकारी है।

धीरे-धीरे हवा में जहर भरता गया। फूल चोगा पहन कर महकते रहे, बावजूद पूर्णमासी के, चाँदनी शून्य में खो गई, राख के महल में हम बैठे-बैठे डाइनकेन बियर पीते रहे। न सिर्फ वह शाम बल्कि अगली पाँच शामें भी वैसे ही गुजरी थीं, मदिरापान करते हुए। पत्रिकाओं का एक ढेर गुरनाम दिल्ली से लाया था, फारचून, टाइम, न्यूजवीक, अप कंट्री, परेकटिकल फिश कीपिंग। मैं जब जाती उन्हीं में रम जाती।

छठे दिन गुरनाम दिल्ली लौट गया था। उसे विदा करके हम अपने घर लौट आए थे। मुझे लगा था मैं अपने शांतिपूर्ण जीवन में बेवजह पड़े खलल को विदा करके लौटी हूँ। बाकी की छुट्टीयाँ अब आराम से कट जाएँगी। पर शायद थोड़ा सा खलल सरक मुझ में समो गया था। अकारण ही मैंने सतीश से पूछ लिया, "गुरनाम ने जमनू के रुपए दे दिए?"

"नहीं। कहता रहा मैं दे दूँगा पर दिए नहीं। ऐसा तो उसने पहले कभी नहीं किया। मुझसे उसने हजारों का सामान मंगवाया, तुरंत पैसे दे देता है। शायद भूल गया होगा।"

"खाक भूल गया होगा। जान-बूझ कर नहीं दे गया है। आपने अपने आपको उसके पास रहन रख दिया है।" मेरा चेहरा ताँबे की तरह तमतमा उठा था।

सतीश जमनू को अपनी अल्मारी में से निकाल कर दो सौ रुपए दे रहा है और मेरा मन कर रहा है पैरिस से आए दोनों पैकेट उठा कर खड्ड में फेंक दूँ।

एक वह पल

जापानी कवि अनोन का एक हाईकू है :

क्षमा करना नन्ही चिड़िया तुम्हारे गाने की अंतिम पंक्ति, सुनुँगा मैं दूसरी दुनिया में। मैंने बालकनी में लटकी बड़ी सी काँसे की घंटी की ओर देखा। भरी दुपहरी में एक तितली उस पर सो रही थी। ठीक ही तो किया उसने खुद को चीड़ की नुकीली सुइयों से, बाहर उठे अधंड से बखूबी बचा लिया है। मेरे यहाँ वह कितनी सुरक्षित है। मन किया मैं उस तितली से कहूँ उठो, उठो, जागो तितली, मेरी यात्रा में मेरे साथ हो लो।

यह यमदूत भी अजीब सा प्राणी है, ऊपर से आदेश मिलते ही बस आ धमकता है किसी न किसी के सिराहने। न कोई छानबीन, न कोई मुकदमा, विचाराधीन मामले का या फिर जमानत का तो सवाल ही पैदा नहीं होता है। बस यह उठाया और वह गया। उसका क्या लगता है। कोई वजन तो उठाना नहीं है। मृतक का शरीर तो पीठ पर लादना नहीं बस प्राण ही तो है जो उसे सुपुर्द करने है। न जाने कहाँ रखता है ऊपर पहुँचने तक, मुट्ठी में या फिर जेब में, अजीबोगरीब करिंदा है यह यमदूत।

सदियों पुराने देवदारों से घिरी मैं अपनी बालकानी में बैठी, पढ रही थी, इसे बालकानी कहना प्रकृति के एकांत सुरम्य अंचल का अपमान नहीं तो और क्या है? उन उतुंग शिखरों के पीछे दोपहर शाम में बदल रही है, बेशक मैं सूरज को अपनी हथेली में थाम नहीं सकती, न ही गुजरती हवा को पकड़ सकती हूँ। दूर पहाड़ की तलहटी में कोई पगडंडी पर खड़ा किसी की बाट जोह रहा है। यही तो एक ऐसा काम है जो हम निरंतर करते हैं जाने अनजाने किसी की बाट जोहते हैं, यही तो एक चीज़ है–प्रतीक्षा–जो ख़त्म हो जाते ही दुबारा शुरू हो जाती है। यह क्या? मेरी मुट्ठी में रेत कहाँ से आ गई? सोचा-चलो रेत को

ही सहेज लेती हूँ। मैंने मुट्ठी कस तो ली थी पर रेत कण-कण हो कर जंगले के नीचे बिखर गई। झटके से उठकर मैंने नीचे झाँका, कहीं गप्पें ठोंकती, स्वेटर बुनती पडोसनों पर न गिर गई हो। नीचे सिर्फ एक नन्हीं सी, गोल मटोल गुडिया रेलिंग के सहारे स्थिर खड़ी थी। बेहद सुंदर, इन जुड़वा बहनों को मैंने कभी स्थिर स्थिति में नहीं देखा है। बेशरमी की हद तक हुडदंग मचाना इनका धर्म है। फूल पत्तियाँ नोच-नोच कर पत्थर पर पीसना इनका प्रिय शौक है, लोगों की सीढ़ियों में बैठकर अपने मलमूत्र से छुटकारा पाना इनके लिए सामान्य बात है, नीचे खड़े दो पहिया वाहनों की बारी-बारी ऐसी की तैसी करना इनके बाएँ हाथ का खेल है। आज इनमें से एक अकेली स्थिर कैसे खड़ी है? मैंने पूछा था।

"आप की बहन कहाँ है?"

"बिमार है।"

"और काकू?"

"वह भी बीमार है।"

"मम्मी?"

"वह भी बीमार है।"

"क्या हो गया, उनके पास कौन है?"

"पापा है।"

यह पहला मौका था जब मैं गुड़िया से मत्मय स्वर में बात कर रही थी। जब भी आमना-सामना हुआ बेचारी ने मुझसे डाँट ही खाई है।

ज़ाहिर है उसने मेरे बदले स्वर को पहचान लिया था। तभी तो बोली थी "मैं ऊपर बैठने आ जाऊँ?"

"बेटी क्या करोगी ऊपर आ कर? मेरे घर में बच्चे और खिलौने नहीं है। वैसे भी मैं पढ़ रही हूँ।" गुड़िया के मन में उभरा प्रश्न मैंने उसके चेहरे पर पढ़ लिया था—बच्चे और खिलौने नहीं है? यह कैसे हो सकता है? बच्चे और खिलौने तो हर घर में होते है।

"आपका काकू कहाँ है?"

"वह बहुत दूर जापान में रहता है।"

काकू तो है पर कहीं दूर रहता है—यह बात गुड़िया की समझ से परे थी। एकाएक वह विचलित हो उठी थी। चंचलता की इस प्रतिमूर्ति को मैंने कभी भी इस मनस्थिति में नहीं देखा था। थोड़े मनन-चिंतन के बाद चुहक कर बोली थी। "जब आप बिमार पड़ जाएँगी तो आपका काकू जापान से आपके पास आ जाएगा न।"

मुझे अनायास नासिरा शर्मा याद आ गई। उसने एक बार मुझसे कहा था "अब यह बच्चे हमारे बच्चे नहीं है, दरअसल होगा यूँ कि वह दूर कहीं विदेश में किसी और की अर्थी उठा रहे होंगे और हमारी अर्थी यहाँ किसी और के बच्चे उठाएँगे।"

1989 में गप्पू पहली बार दस दिन के लिए भित्सीभूषी के न्यौते पर जापान गया था। उसने जापानी भाषा में अखिल भारतीय भाषा प्रतियोगिता में प्रथम पुरस्कार जीता था। लौटने के बीस दिन बाद ही जापान सरकार द्वारा प्रदान तीन वर्षों की छात्रवृत्ति का खत आया था। जाते समय गले लगा कर प्यार किया था उसने और कहा था "डोंट फाल सिक, डोंट काल भी टू टेक केयर ऑफ यू" हल्की सी चोट लगी थी पर मैं ऐसी चोटें आसानी से सह जाती हूँ। आज 2008 है, जापान सरकार द्वारा प्रदान तीसरी छात्रवृत्ति संपन्न कर जर्मनी के सारलैंड नाम के विश्वविद्यालय में और शोध करने चला गया है। आते हैं दोनों हर साल बीस दिन के लिए। जाते समय वही हिदायत देना नहीं भूलता। बीमार मत होना, मुझे मत बुलाना, मेरे पास वक्त नहीं है। हर बार मुझे मॉर्डन स्कूल के प्रिंसिपल कपूर साहब के शब्द याद आ जाते हैं। हम एक दूसरे से परिचित नहीं थे लेकिन कुसुम अंसल ने हमें गाड़ी भेजी थी जिसने हमें अंसल फार्म पहुँचाना था और वापस लाना था। कपूर साहब के साथ यह हमारी पहली मुलाकात थी। शाम को लौटते वक्त मैंने कपूर साहब को गप्पू रचित कविता संग्रह ओरियन की प्रति थमाई थी। मैं शायद ऐसा न भी करती पर सतीश ने उन्हें बता दिया था कि गप्पू के दोनों गुर्दे किस तरह अठारह साल की उम्र में बेकार हो गए थे। गाड़ी में एक उदासी व्याप्त गई थी। मैंने अपने पर्स में से ओरियन की प्रति निकाल कर कपूर साहब से कहा था "इसी मृत हो चुके युवक ने यह कविताएँ लिखी है। आप देखें" प्रो. पी. लाल द्वारा प्रकाशित उस कविता संग्रह को कपूर साहब ने महारानी बाग पहुँचने तक पूरा पढ़ा था। गाड़ी रुकी तो एकाएक मौन तोड़ते हुए वह बोले थे "टेक केयर ऑफ दिस चाईल्ड ही विलोंगस टू द र्ब्लड, ही इज़ नॉट योर्स एनीमोर"

सच ही कहा था इतनी प्रसिद्ध विद्वान हस्ती ने। अब गप्पू मेरा नहीं है, पूरी दुनिया का है। लेकिन यह कोई नहीं जानता कि इस देवभूमि ने मुझे गोलू भेंट कर दिया है। उसका मेरा इस जन्म का नहीं पिछले कई जन्मों का नाता है। जब मैंने उसे पहली बार देखा था तो उसे इन खूबसूरत वादियों में प्रवेश किए कुल तीस ही दिन हुए थे। गोल मटोल गोरा चिट्टा, मैंने नीरू से कहा

था—लुक हेयर, ही विल बी.ए. जिनियस—मैंने यह शब्द यूँ ही नहीं कहे थे, यह बात तो बच्चे के चेहरे पर अंकित थी। जब तक वह दो साल का हुआ, जो भी कविता-हिंदी, अंग्रेजी की—मैंने उसे सिखाई उसे फटाफट याद हो गई। अंग्रेजी तो वह ऐसे बोलने लगा था जैसे सीधे लंदन से अभी-अभी आया हो। सतीश ने एक दिन कहा था, "तुम बहुत खुशकिस्मत हो, अपने बच्चों को तुमने अपनी समझ से पाला पोसा, बचपन का आनंद उठाने का यह दूसरा मौका तुम्हें मिला है" गोलू को एक आकार देने का मौका मुझे जाने अनजाने ही मिल गया। नीरू रिप्पन अस्पताल में कभी सुबह कभी रात को ड्यूटी पर जाती, बाप रति राम का शरीर एक गलत ऑपरेशन में अशक्त हो गया था। वह बोल नहीं सकता। सो रह गए मैं और गोलू—यह गोलू है या गप्पू? मैं उसकी दादी की भूमिका में जम गई थी। भरपूर लाड़-प्यार था तो उसी मात्रा में अनुशासन भी था और किसी की न सुने मेरी सुनता है। वह जानता है कि दादी अम्मा के घर में नियमों का पालन करना जरूरी है। अपनी अंतहीन माँगों की पूर्ति करवानी है तो दादी के कहे अनुसार पढ़ना, लिखना नज़र अंदाज नहीं किया जा सकता। उसकी माँगों का दिशा-निर्देश करने का जिम्मा मैंने अपने ऊपर खुद ही ले लिया था। कौन सी किताब कौन सा खिलौना गोलू को कब और क्यों मिलना चाहिए जैसे अहम् फैसले मैं ही करती थी। यह फैसले वह सशर्त स्वीकार भी करता था।

जब-जब दिल्ली जाना होता गोलू अपनी माँगे मेरे आगे रखे देता जिन्हें मैं पूरा भी करती थी। पिछली बार हम दिल्ली गए तो देखा गप्पू की दस फुट लंबी किताबों की अल्मारी के ऊपर एक कबूतरी जी ने बेहद खूबसूरत घोंसला बना रखा था। माँवा ठंडियाँ छावाँ। क्या चीज होती है माँ? क्यों छिड़कती है वह खुद को उन पर जो उसे देर सबेर फालतू का हस्तक्षेप मानने लगते हैं? यह बात मुझे उस दिन समझ आई थी जिस दिन मेरी बालकनी के नीचे वास करने वाली डौगी धीमे-धीमे सिसक रही थी (क्षमा कीजिए मैं उसे कुत्तिया कह कर नहीं पुकार सकती हूँ। क्योंकि यह शब्द मुझे एक गाली सा लगता है।) एक माँ को कुत्तिया कहना पाप है। कुत्ते के लिए कुक्कर शब्द है न, लेकिन डौगी के लिए सिर्फ कुत्तिया। गत छः वर्षों से देख रही हूँ हर बार जोड़ा खिलाने के बाद जब इसके बच्चे पैदा होते हैं तो एक दो दिनों में ही सुबह बच्चे गायब हो जाते हैं। माँ डौगी पूरा दिन पूरी रात रिरियाती, खीझती, रोती चिल्लाती रहती। उसका प्रलाप मुझ पर कौड़ों की मार जैसा कशाघात करता। कॉलोनी का जमादार रात बारह बजे मेरे घर से सटी सीढ़ियों पर जमा रहता है। किस मक्कारी से वह

इस डौगी के नवजात शिशुओं को एक बोरे में भर कर ले जाता है, इसकी मैं चश्मदीद गवाह हूँ। वह उनका क्या करता है, यह भी मैं जानती हूँ। वह उनकी हत्या कर के भक्षण करता है। यमदूत नहीं तो और क्या है? लेकिन मैं भी तो यमदूत ही हूँ। जितने कीमती थे उस डौगी के बच्चे, कबूतरी का वह बच्चा भी तो उतना ही कीमती था। मैंने गप्पू की अल्मारी से उठाकर उसे बाहर बारजे में रखे गुलाब के गमले में रख दिया था। भगवान साक्षी है, मुझे या तो अपने गप्पू को दूषण से बचाना था या फिर इस कबूतरी की नन्हीं जान को। गुलाबों से भरा मेरा गमला क्या, इस संसार की कोई भी शक्ति उसे जीवित नहीं रहने देगी। यह एक पूर्वनिश्चित तथ्य है। माँ कबूतरी घोंसले के स्थान अंतरण के बाद वहाँ लौटेगी नहीं, कौवे, चीले आराम से उस नन्हीं जान को उठा कर ले जाएँगे और वही कुकर्म करेंगे जो हमारा जमादार करता है। लेकिन यहाँ सवाल गप्पू के प्रतिरोपित गुर्दे को बचाने का था इसी कारणवश मुझे वह करना पड़ा था जो यमदूत करता है। बहुत बुरा लगा था मुझे..............अपने बच्चे की जान बचाने के लिए मैंने इस कबूतरी के बच्चे की जान ले ली।

अगले दिन सुबह जब मैं अपनी कौलनी के गेट से बाहर निकल रही थी तो एक आदमी दस बीस पिंजरों में कैद मैनाएँ लिए बैठा था। इस बार गोलू की कोई भी माँग मेरे पास न थी। जब मैं दिल्ली के लिए रवाना हुई तो वह अपने गाँव रोहडू गया था। मैंने सोचा क्यों न मैं एक जोड़ा मैना खरीद कर शिमला ले जाऊँ कैसा उमदा उपहार रहेगा गोलू के लिए-और वह भी बिन माँगे। न जाने कैसे हो गया पर जब हमारी बस अंबाला पहुँची तो एकाएक मुझे पता चला मैं दिल्ली से चलते वक्त मैं पिंजरा उठाना भूल गई थी। चीखे मार-मार कर मैं बहुत रोई थी। सतीश नहीं माने थे–''आधी रात को मैं तुम्हें अकेले दिल्ली वापस नहीं जाने दूँगा। सामान घर पहुँचा कर मैं तुम्हें कल ही दिल्ली ले जाऊँगा।'' सब मुसाफिर मुझे आश्वासन दे रहे थे कि एक दिन में परिंदे भूख प्यास से नहीं मर सकते। खैर लौटे थे हम अगले ही दिन और उठा लाए थे पिंजरा। एक चादर में लपेट कर अपनी सीट के नीचे टिका तो दिया रहा पर दोनों बहुत शोर मचा रही थी–शायद बस के दोलन के कारण। मैंने पिंजरा उठा कर गोद में रख लिया था। शिमला में किसी को भी यकीन नहीं हो रहा था कि मैं उल्टे पाँव दिल्ली लौट गई थी। सिर्फ मैनाओ को भूख से बचाने की खातिर। जो सुनता हैरान हो जाता है। गोलू ने बाकायदा नाम रखे थे दोनों के...एक टूटी तो दूसरी फ्रूटी–बहुत रौनक लगी रहती। एक दिन स्कूल जाते समय ऊपर अया था–''दादी जल्दी नीचे

आओ। टूटी की गर्दन पर चोट है, खून भी बह रहा है, दोनों ने बहुत लड़ाई की है।'' दोपहर तक टूटी चल बसी थी। गोलू ने फूलों की क्यारी में टूटी को दफना दिया था, चाक लाकर दिवार पर गोलू ने लिखा था टूटी मैना यहाँ आराम कर रही है। रोज़ उसकी कब्र पर गोलू फूल चढ़ाता है। क्या मैं पिंजरा उठाने दिल्ली इसलिए लौटी थी कि टूटी को मरना था शिमला में। मुझे अनूप महाजन की सुनाई एक कहानी याद आती रहती है। सामने देवदार के पेड़ पर एक कबूतर बैठा था, नीचे खड़ा था यमदूत। एक गरूड़ वहाँ से गुज़र रहा था। उसने यमदूत से पूछा ''यहाँ क्या कर रहे हो।''

''इस कबूतर को ऊपर ले जाने का हुक्म हुआ है। चार क्षण बाद इसे ले जाना है।'' गरूड़ ने कहा ''मैं इसे ऐसी जगह पहुँचा देता हूँ जहाँ तुम चार क्षण में पहुँच ही नहीं पाओगे।''

गरूड़ ने कबूतर को उठाया और दो क्षण बाद लौट आया और यमदूत से बोला ''अब की कर ले जो करना है दो क्षण में तू वहाँ नहीं पहुँच सकता है।'' ''यह तो बता दे कहाँ छोड़ा है कबूतर को?'' ''वाशिंगटन के व्हाईट हाऊस की छत पर'' ''तेरा बहुत-बहुत धन्यवाद इस कबूतर को वहीं से उठाने का आदेश मुझे हुआ था, मेरा तो काम बन गया है।'' उस कबूतर का मरना उसी शहर में तय था सो गरूड़ ने काम पूरा कर दिया, ठीक वैसे जैसे ही उन सैकड़ों लोगों का 11 सितंबर, 2001 को न्यूयार्क में मरना तय था। यमदूत पर किसी का नियंत्रण नहीं है। मेरा मन हुआ कि फ्रूटी से पूछूँ कि तूने क्यों निभाई यमदूत की भूमिका, क्यों जान ली टूटी की? क्यों दिन भर चहकती-फुदकती रहती है? क्या तुझे टूटी की याद नहीं आती है? मुझे आती है। सामने वाली पहाड़ी पर धूप कैसे भागी जा रही है। लेकिन यह क्या हो गया? धूप का वह टुकड़ा अचानक एक पेड़ से टकरा गया और धूप क्षत-विक्षत होकर बिखर गई।

यह मौत भी एक अजीब चीज है। आज मुझे मोहम्मद अलवी की नज़्म याद रही है। मौत–जिस्म के किसी अँधेरे कौने में अर्लाम लगा कर मीठी नींद सोती है, अर्लाम बजे न बजे, कब जागना है, नींद में भी उसे खबर होती है!!!

बसंत आता नहीं, लाया जाता है

उस दिन, न तो कहीं कोयल कूकी थी, न ही कहीं मोर अपने इंद्र धनुषी पंखों में फैलाए, न चकोर, न हंस, और न ही पपीहा कहीं दिखाई-सुनाई दे रहा था। लेकिन बसंती पवन का आभास देती हुई शीतल बयार धोखा दे रही थी।

मैं जानती थी अभी केवल दो जनवरी है, महकती खिलती-खिलाती बसंत अभी पूरा एक महीना दूर थी। अपनी आदत से मजबूर अपनी ही बेसब्री का शिकार होते हुए मैंने अपनी नई पीली फिरन यह सोचकर अल्मारी में से निकाली थी कि अब बसंत का इंतजार कौन करें? उसी पीले रंग की शलवार, शाल और फिरन के नीचे पीला पोलोनेक पहनकर जब मैं लाबी में आई तो सती़श ने, बावजूद अपने और मेरे साठ और पचपन वर्षों के, मुझे अपनी आँखों में समो लिया था और कहा था–"अहा, क्या बात है?" मैं मुस्कराई थी–"क्यों? दस बज गए, चलना नहीं है।"

कितने ही महीनों के बाद इतनी महकती गुनगुनी धूप निकली थी। कितने ही ठिठुरते-ठिठुराते दिनों के बाद कोहरा छंट गया था और ऐसा लगा था कि अब जिया जा सकता है। यूं ही लगा कि जिंदगी एक खुशनुमा चीज है, कम-से-कम उस एक दिन के लिए। शायद वह दिन मेरे लिए बहुत कीमती था, क्योंकि उस दिन मुझे कुछ नहीं करना था–न खाना पकाना था, न कोई लेख लिखना था। न वे पत्र अपने बेटे और बेटी को लिखने थे जिन्हें लिखने का कार्यक्रम एक पखवाड़े से टल रहा था। बात यकीन करने लायक तो नहीं, पर मुझे आलतू-फालतू कामों के लिए एक पल की भी फुरसत नहीं मिलती। लेकिन यह तय हुआ था कि प्रशांत विहार जाएँगे। कब से मुहूर्त निकलवा रहे थे हम लोग।

नई दिल्ली का समृद्ध संपन्न इलाका प्रशांत विहार, जिसके जैड ब्लॉक की कोठी नंबर दस की बैठक में हम बैठ कर प्रस्थान पूर्व कौफी की चुस्कियाँ ले

रह थे। हम, यानी हम दोनों, और हमारा मित्र परिवार। एकाएक कुछ आवाजें उभरी थीं। शोर बढ़ा तो मैंने पूछा थाः

"मोना, यह क्या हो रहा है?"

"रोज का चक्कर है। तुम्हीं सुनो तो जरा, हमें तो इनकी बोली ही समझ नहीं आती।"

यह एक ऐसी बोली थी जो मुझे बेहद प्रिय है—पंजाबी बोली। बड़ी तेजी से उठ कर मैं बाहर गेट से सट गई थी। उचक कर दाएँ देखा—आवाजें वहीं से उभर रही थीं। ठीक सामने दो मंजिला कोठी की बालकनी पर पट्टा टंगा था—चर्च आफ गॉड। अपने-अपने पद, गौरव, मान और स्थिति में दबे जा रहे थे एक ब्रदर और एक सिस्टर, अपने शरीरों को तटस्थ रखते हुए अपनी आँखों को टेढ़ा-तिरछा करके साथ सटी कोठी की छत पर झाँकने का गुटनिरपेक्ष प्रयास कर रहे थे।

साथ सटी कोठी की तीसरी मंजिल पर एक बूढ़ी महिला और एक हाल बहाल, गया-गुजरा-सा दिखने वाला बूढ़ा व्यक्ति खड़ा था। औरत, जो गालियाँ उगल रही थी, वह ठीक सामने वाली कोठी के बाहर खड़े एक जवान मर्द और संभ्रात से दीखने वाले पुरुष की ओर निर्देशित थीं। गालियाँ मेरी प्रिय भाषा पंजाबी में थीं :

"तेरे घर दियाँ कंजरियाँ कित्थे ने?"

"ओए तेरी ओ धी कित्थे हैं जिन्हू तेरे थलयों कड़या सी?"

"अज आ, मैं तेरा सिर भन्न देवांगी।"

उस महिला के हाथ में दो साबुत ईंटें थीं, काफी सारे पत्थर, ईंटें, लकड़ी के बड़े-बड़े टुकड़े मकान की मुंडरे पर रखे थे। वह भद्र-सा दिखने वाला पुरुष तेजी से बाहर निकला और सामने वाले गेट में घुसता हुआ, ऊपर की ओर देखकर चिल्लाया, "आज फैसला ऊपर आकर ही करता हूँ।"

उसका वाक्य पूरा होने से बहुत पहले तीसरी मंजिल से पथराव शुरू हो गया था। भद्र पुरुष भागकर अपने मकान में लौट आया था। उसके परिवार के और अगल-बगल के कई पड़ौसी, सड़क पर जमा हो चुक थे। तीसरी मंजिल पर खड़ी औरत निरंतर अस्त्र छोड़ रही थी—हाथों से भी और वाणी से भी। एकाएक निचली मंजिल के द्वार खुलें और 30-35 वर्ष की एक महिला गेट पर आकर छाती पीटने लगी।

"हाए-हाए वे लोको, देखो ऐना नूँ सानू मार दिता।"

यह युवती उस परिवार की बहू थी ऐसा मुझे मोना ने कान में फुसफुसा कर बता दिया था। जमा भीड़ इस सिख परिवार के विरुद्ध थी, ऐसा मैंने समझ लिया था।

सामने वाले परिवार की बहू हिंदू-सिख का रोना रो रही थी तो इस ओर एक भद्र पुरुष पुलिस को बुलाने की धमकियाँ दे रहा था। एकाएक मैंने देखा कि बाई ओर से एक गुरुमुख-सा दिखने वाला 80-85 साल का बुजुर्ग साइकिल पर धीमी गति से आ रहा था। इस ओर के भद्र पुरुष ने हिरन से भी तेज छलाँग भर कर उस साइकिल सवार गुरुमुख पर वार किया, नंगे हाथें से, न पत्थर, न ईंटें, न लकड़ियाँ। वह भद्र पुरुष न जाने कैसे एक भेड़िया बन गया। उसने उस साइकिल सवार को धक्का देकर सड़क पर गिरा दिया और उसकी पगड़ी अपने ही युवा हाथों से उतारकर सड़क पर एक ओर फेंक दी। न जाने मुझे क्यों लगा कि अवाक्स आ गए हैं उस युवा भद्र पुरुष के हाथ में, या फिर स्टारवार का शनिग्रह, या वह लेजर रश्मियाँ। वह बृद्ध गुरुमुख का नंगा सिर अपने ही हाथों से सड़क पर बार-बार पटक रहा था।

उस वृद्ध का शरीर तो सड़क पर था लेकिन उसके हाथ-पैर हवा में तैर रहे थे। गेट खोलकर राकेट की गति से मैं उन दोनों पुरुषों के बीच पहुँच गई थी। ''स्टॉप इट'' कहकर मैं उस गुरुमुख वृद्ध के ऊपर लेट गई। उस भद्र पुरुष ने मुझे प्रशांत विहार में पहले कभी नहीं देखा था। हवा में उठे उसके हाथ रुक गए थे। मैंने देखा उसके एक हाथ में चाकू है। वह चिल्ला रहा था, ''आप हट जाइए।'' मैंने भी चीखकर उत्तर दिया था : ''यू काण्ट डू दिस। यू काण्ट किल दिस मैन।''

अपने बीच एक अजनबी औरत को पाकर वह बेहद विचलित हो गया था। फिर भी उसकी मुद्रा आक्रामक थी। उसके चाकू को नजरअंदाज करते हुए मैंने वृद्ध को हाथ पकड़ कर खड़ा किया था।

हमारे दोनों के खड़े होते ही उस भद्र पुरुष के जैसे होशोहवास लौट आए थे।

''आप हट जाए यहाँ से। आप हैं कौन?''

''आप किसी को इस तरह मार नहीं सकते हैं और मैं हटने वाली नहीं।''

बरसों से उस सड़क पर रहते पड़ोसी ऐसे खड़े थे मानो आज अचानक रास्ता भूलकर इस सड़क से गुजर रहे हों। तीसरी मंजिल पर खड़ी महिला अब नीचे सड़क पर पहुँच चुकी थी। उस परिवार की बहु द्वारा पहले शुरू किया गया

स्यापा और भी तीव्र हो गया था। चर्च आफ गॉड की बालकनी में कोई न था। एक कौंध की तरह मेरी आँखों के सामने से वह सारे के सारे सुलगते दरिया, वह तमस, वह आग के दरिया, ठण्डा गोश्त, टोबा टेकसिंह, वह नंगी आवाजें, खोल दो और खुदा की कसम तैर रहे थे जिनका अनुभव मैंने शिमला में 1947 की जुलाई-अगस्त में किया था या फिर जिनके बारे में मैंने बाद में पढ़ा-सुना था। उस वृद्ध का हाथ मैंने पकड़ तो लिया था, उससे मैंने यह भी कहा था कि चलिए पुलिस स्टेशन फोन करते हैं।

एकाएक मुझे लगा मैं एक दलाल हूँ। मैं किस इंसानियत से संबद्ध इतनी चिंता दिखा रही हूँ। मेरे चारों ओर दरिंदे खड़े थे। हमारा अपना मित्र परिवार तक उस सिख परिवार का हितेषी या हमदर्द नहीं है यह तो मैं समझ गई थी। आस-पास का विरोध देखकर मेरी हिम्मत ही न हुई कि मैं उस वृद्ध को मोना के घर से फोन करने का न्योता दूँ।

वहाँ से रवाना होने से पहले उसने अपनी गिरी हुई साइकिल और पगड़ी को सुव्यवस्थित किया, अपने परिवार के सदस्यों को उसने वहाँ पहरे पर खड़ा कर दिया था, और फोन करने चला गया था। मैं भी चुपचाप भीतर लौट आई थी।

बाहर से आवाजे आ रही थी, ''वह औरत कौन थी?''

''कहाँ चली गई है वह?''

दोनों पक्षों में बहस जारी थी। पहले फलाइंग स्क्वाड और फिर स्थानीय चौकी की वैन आ गई थी। सड़क पर खड़े सभी पड़ोसी पुलिस चौकी जाने के लिए बैचेन थे। सब नायक की भूमिका निभाने के लिए लड़ रहे थे।

मोना ने अपने पति से कहा था, ''पड़ोस का मामला है आप भी जाइए ना।''

और वह भी एक अच्छे पड़ोसी का रोल अदा करने के लिए वैन में जाकर शेष पड़ोसियों के साथ बैठ गया।

अंदर मेरी खिंचाई हो रही थी। मैं सब की नजरों में एक महामूर्ख और झगड़ालू औरत थी, जिसे दूसरों के मामलों में हस्तक्षेप करने का बेहद शौक था।

''आखिर तुम बाहर क्यों गई?'' मोना ने कहा था? ''और अगर तुम्हें चाकू-वाकू लग जाता तो बड़ा मजा आता न।'' यह मेरे पति थे।

मैं मौन धारे थी। मुझे 1947 की याद आ रही थी। लाहौर से हम गर्मियों की छुट्टियाँ बिताने शिमला गए थे। डेविकोज के मालिक होने के नाते डेविकोज

नृत्यगृह के ऊपर वाले अपने फ्लैट में हम ठहरे थे। वहाँ के अधिकांश बैरे मुसलमान थे। हमारे फ्लैट के ठीक नीचे से हर रोज उभरती थी एक भीड़-हर-हर महादेव कहती हुई, वहीं से निकलती थी नंगी तलवारें, और शुरू हो जाती थी मारकाट। इनका कार्यक्षेत्र बहुत व्यापक था, बहुत ही भयानक। मेरे पिताजी का व्यापार धन-संपत्ति सब लाहौर में ही केंद्रित था। उस समय उनका केवल एक ही लक्ष्य था, जब तक सब हिस्सेदारों की एक-एक पाई भारत नहीं ले आता उन्हें चैन नहीं आने का था। उस विस्फोटक स्थिति में से गुजर कर वह हर महीने दो-तीन बार लाहौर जाते थे और हर बार अपनी लंबी–चौड़ी शेवरलेट में अपने साथ तीन-चार बैरों को पंडितों के भेस में साथ ले जाते थे। वापस लौटकर वह हमें बताते कि कैसे बैरे सीमा पार पहुँच कर शलवार कमीज पहन कर मुसलमान बन जाते थे। लाहौर में मेरे पिताजी का बड़ा मान-आदर था। भारत सरकार द्वारा नियुक्त अफसर उन्हें लाहौर प्रवास के दौरान तीन-चार जवान दे देते थे। लाहौर में उनके संपर्क सूत्र उनकी मदद करते थे–और वह धीरे-धीरे हर हिस्सेदार की एक-एक पाई लाने में सचमुच सफल भी हो गए। लेकिन उन्होंने अपने सभी मुसलमान बैरों को क्यों सीमा पार पहुँचाया? इस काम में तो किसी ने उनकी मदद नहीं की थी। क्या मिलना था उन्हें? न धन, न शोहरत, न कोई पुरस्कार। हर रोज पढ़ने-सुनने को मिलता था कि भेस बदलकर सीमा पार करने वालों के पायजामें खुलवाकर फैसला किया जाता है कि आदमी धर्मचंद है या रसूल मियाँ।

आज बसंत है। आज की खबर है कि नवंबर, 1984 के दंगों पर जस्टिस रंगनाथ मिश्र आयोग की रिपोर्ट पर यकीन करने वालों को उँगलियों पर गिना जा सकता है। आज फिर मैंने अपनी पीली फिरन पूरी ताम-झाम के साथ पहनी है–लाहौर की मधुर स्मृति में। क्या फर्क पड़ता है कि रिपोर्ट सरकारी है या सत्य। बेशक आज भी न तो कोयल कूकी है, न ही कहीं मोर-चकोर, हँस या पपीहा दिखाई-सुनाई दिए हैं। उत्सव का तो कोई माहौल ही नहीं है। बार-बार मुझे तीसरी मंजिल से गालियाँ उगलती महिला, वह चाकू वाला भद्र पुरुष याद आ रहा था। अगर दंगे इसी तरह होते रहते हैं तो क्या फर्क पड़ता है कि नवंबर 1984 के दंगे बिना किसी साजिश के हुए थे या सोचे-समझे तरीके से भड़काए गए थे। फिर भी मैंने पीले वस्त्र यह सोचकर पहने हैं कि बसंत आता नहीं है लाया जाता है। ठीक वैसे ही जैसे दंगे होते नहीं हैं करवाए जाते हैं।

दुर्घटना

सबका, यानी मेरे पति सतीश और बेटे गप्पू का नाश्ता खत्म हो चुका था, जब मैं उन दोनों के लिए दूध के गिलास और अपना नाश्ता लिए उनके संग बैठी तो लगा अचानक हवा गरम हो गई है। हमारे यहाँ यह अक्सर होता है जब कभी एक से अधिक सदस्य, यानी एक ही जगह दो या तीन या चार लोग खाने के समय या कभी भी इकट्ठे बैठ जाएँ तो बस हवा गरम हो जाती है। यूँ ही बस। बिना किसी वजह से। दोष किसी का भी नहीं होता, सब एक दूसरे को चाहते हैं, चाहते क्या हैं, जान देते हैं, पागलपन की हद तक, पर फिर भी कुछ न कुछ हो ही जाता है। मैं किसी से भी न उलझने का फैसला करके चुपचाप अपना टोस्ट कुतरने लगी थी। चुप रहना मेरी आदत नहीं, आदत क्या, मुझे पूरा यकीन है कि जो भी मन में हो कह देना चाहिए। मन ही मन कुढ़ने का भी क्या फायदा? एक दूसरे को मन ही मन कोसने का भी क्या फायदा? बात कह दो, बहस लो, झगड़ लो फिर झटपट सुलह कर लो 'फोरगेट एण्ड फोरगिव'। कितना अच्छा फारमूला है। पर कोई नहीं सहमत, न मुझ से, न मेरे सुझावों से।

सोलह साल की क्या उम्र होती है पर फिर भी इतनी विरक्ती क्यों? मुझे लगा था कि यह भावना कल रात तक गप्पू के मन में न थी। अच्छा भला था। सुबह सवेरे यह क्या दुर्घटना हो गई। अचानक, बिना पूर्व सूचना के। पर दुर्घटनाएँ तो अचानक ही होती है। बिना सूचना दिए। इन्हें कोई भी नहीं टाल सकता है। पर यह दुर्घटना मेरी जानी पहचानी थी। इसी लिए मैं घबराई नहीं, हाँ चौंकी जरूर थी। गप्पू से बारह और तेरह साल बड़े बौब और ऐश इस मनोस्थिति से गुज़र चुके हैं और उनके साथ हम दोनों भी। मुझे तो लगा था कि यह बातें आज नहीं हो रही है। इन्हें मैं बहुत पहले सुन चुकी हूँ। बरसों पहले भी मैंने बेहद घबरा जाने के बावजूद हाथ पाँव ठण्डे न होने दिए थे और मेरी उसी ज़िद,

हिम्मत और स्नेह के मिश्रण के कारण ही आज बड़े भैया ऐश और दीदी बौब प्रथम श्रेणी के पदों पर नियुक्त हैं। अभी पिछली छुट्टियों में ही तो बौब ने मुझसे लिपट कर कहा था, मौम तुमने हमें बचा लिया। अगर हम तुम्हारी न सुनते तो आज सड़कों पर धक्के खा रहे होते।

मैंने प्यार से उसके बाल सहलाए थे—बस—वह जानती है कि मुझे उसमें पूरा विश्वास है। उसी में क्यों सभी में है। ऐश में, गप्पू में, खुद में और सतीश में भी। चाहे कोई कुछ भी करे, कहे, आखिर में सब सही होगा, ऐसा मानकर चलना मेरी आदत है।

"कोई मुझे समझाए हम क्यों पढ़ रहे हैं। इसी लिए कि हम रटा मारे और ज्यादा नंबर लेकर पास हो जाएँ। बस, इतनी सी बात के लिए हजारों रुपए और बेहिसाब वक्त बरबाद किया जाता है न। मुझे तो कोई तुक नज़र नहीं आती।" यह नाराज़ आवाज गप्पू की थी।

"अभी तुम छोटे हो। बड़े होकर पढ़ाई की कीमत जानोगे, बड़े काम की चीज़ है।" सतीश ने समझाते हुए कहा था।

"हाँ है, जरूर है। अगर हमें पढ़ने से ज्ञान मिले तो है, वह हमें कहाँ मिलता है। हम सिर्फ तोते हैं, रटते हैं, इम्तहान होते हैं। जिनकी याददाश्त तीखी है वह अपने अपने माँ बाप को अच्छी रिपोर्ट लाकर दिखाते हैं। माँ बाप इधर-उधर ढ़ींगे मारते फिरते हैं, बच्चों की रिपोर्टों से अपनी इज्जत बढ़ाते हैं। आते जाते अपने बेटे के हर ऐसे दोस्त को जिसके नंबर कम आए हैं लेक्चर देते हैं—देखो अगर अच्छे नंबर पाने हैं तो ऐसा करो......वैसा करो........."

"नहीं गप्पू तुम समझ नहीं रहे हो।"

"तो समझाइए मुझे।"

"वैसे देखो बड़ी सीधी सी बात है। पैसा एक ऐसी चीज़ है जिसकी कीमत दिन पर दिन गिरती जाती है। साठ साल पहले जो आदमी सौ रुपए महीना तनखा पाता था बड़ा अमीर माना जाता था। पापा जी एस.डी.ओ. थे। बड़ी शानों शौकत थी हमारी। उन्हें मालूम था पचास साठ साल बाद उन्हें एक हजार रुपया महीना पेंशन मिलनी है। उन्होंने एक पैसा नहीं बचाया, सब हम छः भाइयों को पढ़ाने में लगा दिया। अगर वे हमें न पढ़ाते तो उस बचाए हुए धन का क्या करते। हमें कमाने की क्षमता देकर उन्होंने एक अच्छी इंवेस्टमैंट कर दी।"

"आप क्या समझते हैं कि जो लोग आप जितनी डिगरियाँ नहीं हासिल करते क्या वह जीते नहीं है? क्या वह सोते नहीं हैं, खाते नहीं?"

''सब करते हैं। पर बेचारे कितने असंतुष्ट रहते हैं कितने दुःखी इसका तुम्हें अंदाजा ही नहीं है।''

''दुःखी तो ऐश भैया भी हैं। इतने साल पढ़ाई करके वास्तुशिल्पी बना अब नौकरी कर रहा है। पाँच हजार रुपया महीने की...यह पैसा उसके लिए काफी नहीं है। सिर्फ पाँच हजार कमाने के लिए हम कितनी मुसीबतें उठाते हैं और फिर दुःखी, असंतुष्ट।''

बड़ा भैया दुःखी है इसकी सूचना हमें गप्पू से मिली थी। मैं उसके घर गई थी। मुझे तो सब ठीक लगा था। हाँ जिस प्यारी सी सहयोगिनी के साथ वह आजकल अधिक समय बिताता है, उससे शादी करने की आर्थिक स्थिति में वह नहीं है। मैं उसे या उस जैसी किसी भी ऐसी लड़की को, जिसे मेरा बेटा चाहता हो बहू बनाने के लिए बेताव हूँ। मुझे उदासी कतई पसंद नहीं, बच्चे शादियाँ रचाएँ और अपने अपने बच्चे मेरे पास डिपोज़िट करवा जाएँ बस मैं तो इसी इंतजार में बैठी हूँ। चलो डिपोज़िट न करना चाहें तो न करें पर रौनक तो बरकरार रहेगी। जिंदगी का कारोबार तो जारी रहना ही चाहिए।

''अभी अभी लगी है नौकरी, इसमें दुःखी होने की क्या बात है। उसमें कमाने की ताकत तो है। अरनिंग कपेसिटी तो है। अपने सेब के बगीचे में तुमने देखा है न, उन बच्चों को, बेचारे मजदूरी करते हैं एक रुपया फी घण्टे के हिसाब से।''

''मुझे तो वह बेचारे नहीं लगते। व्हट डिफरेन्स इज़ इट मेक वेदर आई नो और नोट दैट माई ब्लड इज़ ट्रेवलिंग फ्रोम माई राइट ओरेकल टू माई राइट वेनटीकल एण्ड फार्म माई पलमोनरी आर्टरी टू माई लंगज़ एण्ड बैक टू माई लैफ्ट ओरेकल आफटर गैसियस एक्सचेंजिज़ इन द लंगज़। उन्हें यह सब नहीं मालूम पर क्या वह मेरी तरह जीते नहीं हैं।''

''जीते हैं पर तुम्हारी तरह नहीं। अब अपनी माँ को देखो, थियेटर के लिए ही कैसे मर मिटने को तैयार रहती है।''

''थियेटर इज़ अ वेस्ट ऑफ टाइम।''

''अरे यार। अच्छा चल पेंटिंग ही ले लो...''

''पेंटिंग इज़ अ वेस्ट ऑफ टाइम।''

''बेटा जी आप यह सब जिद में कह रहे हैं आपको खुद संगीत से, चित्रकारी से इतना प्रेम है।''

''यैस, बट आई एम वेस्टिंग माई टाइम।''

"चलो सिनेमा ही ले लो।"

"दैट आलसो इज़ ए वैस्ट ऑफ टाइम।"

कमरे में गरमी बढ़ गई थी। ऐसा मुझे महसूस हुआ था।

"लुक डैडी आप यह सब बातें रिगलआडट करने के लिए कह रहे हैं। अपने को बचाने के लिए, आप फँस गए हें। अब आप रास्ता ढूँढ रहे हैं। पढ़ने का मज़ा तो तब है जब हमारी एजूकेशन भी हो, वह कहाँ होती है?"

कैसा जमाना बदल गया है। कैसा पटर-पटर बहसें जा रहा है। जब ऐसी ही दुर्घटना ऐश और बौब के साथ बरसों पहले घटी थी तो मैं उनसे लगभग अकेले ही जूझी थी। अंत में जब गुब्बार ठहरा था तो सतीश को एक ही शिकायत थी... "मुझे संभालने देती। सब कुछ तो मुझ से छुपा कर रखा तुमने" कोई बात नहीं, अब संभालिए, एक और मौका हाज़िर है। पहली बहस में आप पस्त हुए हैं। आगे इस बात का ख्याल रखिएगा, मैं कह सकती थी, पर कहा नहीं। मैंने न उलझने का फैसला जो किया था। टोस्ट पर कुतरन खत्म हो चुकी थी। मैंने जब सब की प्लेटें समेटी दूध के खाली गिलास उठाए तब भी दोनों की बहस जारी थी। यह तो शुरुआत थी, इस बहस ने तो अभी छः साल और चलना है हाईस्कूल की यातनाओं के बाद किसी विशिष्ट विश्वविद्यालय में प्रवेश की यद्धोजहद, फिर हर साल अच्छे नंबरों से पास होना और फिर पाँच हजार रुपए की नौकरी की तलाश...वही पाँच हजार रुपए, जो आज बड़े भैया ऐश के लिए काफी न थे।

सिंक में बरतन रखकर गरम पानी का नल खोला, एक कटोरी में विम डाली। जब हम सोलह साल के थे तो ऐसे तो न थे, पढ़ने की ललक हमेशा बनी रहती थी, कितने ऐसे बच्चे है जिनकी आर्थिक स्थिति उन्हें मौका ही नहीं देती कि वे उच्च शिक्षा ग्रहण कर सकें और यह है कि नई-नई थियोरियाँ एजाद करके हमें समझा रहे हैं कि पढ़ना लिखना केवल एक स्टेट्स सिंबल हैं। बर्तन धोते-धोते एकाएक मेरे हाथ थम गए थे।

पर यह गप्पू ने क्या कहा था..........बड़ा भैया दुःखी है। कहीं इसलिए तो नहीं कि तंखवा बढ़ने की कोई शीघ्र संभावना उसे नजर नहीं आ रही क्या वह प्यारी सी लड़की इस स्थिति सुधार के लिए कोई कदम नहीं उठा सकती। संपन्न समृद्ध परिवार की है, खुद बराबर की पढ़ी एक वास्तुशिल्पी है क्या वह अपने साथ पर्याप्त मात्रा में.............?

एक झटके से मैं चौंकी, मैं भी तो समृद्ध संपन्न परिवार से दूसरे समृद्ध

परिवार में ब्याही गई थी। मेरी सास ने पहले ही भेंट में मेरे पिता जी को साफ-साफ कह दिया था कि वह बहुत प्रगतिशील आधुनिक विचारों वाली महिला हैं। सब नहीं तो कुछ कुरीतियाँ उन्हें अपने ज्येष्ठ पुत्र के विवाह पर ज़रूर हटानी हैं। मेरे पिता समधन पर फिदा हो गए थे। दिखावे के लिए मिलनी की रसम न अदा करने का फैसला लिया गया था। बाकी सब तो वैसे ही हुआ था जैसा रुपए पैसे वालों के यहाँ होता है। मेरे दहेज के लिए बने गहने, कपड़े देखकर मेरे पिता जी बड़े परेशान हुए थे। न कोई सिलमें सितारों वाली साड़ियाँ, न जड़ाऊ हार, न हीरे पन्नों के सैट और सोना तो कहीं उन्हें ढूँढें न नज़र आया था। 'बड़ी बेवकूफ लड़की है,' मैंने उनकी डाँट के उत्तर में कहा था, ''मुझे ऐसी ही सादी चीजें पसंद हैं। आपने ही तो हमें सादा रहने और ऊँचा सोचना सिखाया है।''

''वह तो सब ठीक है, पर तेरे पास भी तो कुछ होना चाहिए। तू ऐसा कर, में तुझे सोने के बिस्कुट ला देता हूँ, तू उन्हें अपने बैंक के लॉकर में रखकर भूल जाना। बस मुझे तसल्ली रहेगी।'' तब मुझे लगा था कि मेरा अपमान किया जा रहा है। बरसों बाद मैं समझ सकी कि मैं वाकई बेककुफ लड़की थी। अगर बाप दे रहा था, बिना किसी कष्ट के, तो लेने में हरज भी क्या था? वह सोने के बिसकुट अब मुझे बहुत याद आते हैं। अगर मैं अपने पिता का कहना मान लेती तो उनका तो कुछ भी न बिगड़ना था और फिर बाप से लेने में कैसा अपमान? ....शायद उस सोने से मैं आज ऐश की कुछ मदद कर सकती...........पर अब क्या हो सकता है...........पर क्या वह लड़की......................!!!

अपने से घबराकर मैं पिछवाड़े बगीचे में चली गई। लदे फदे शहतूत के पेड़ के नीचे खड़ी हो, नए खिले गुलाबी ग्लैडोलिया की ओर मुँह क़र मैंने एक लंबी साँस के सहारे ढेर सी समीर अपने भीतर भर ली। फिर धीरे-धीरे उसे अपने आसपास बिखर जाने दिया........यह आशा करते हुए कि इसके साथ ही मेरे मन में उपजी भयावह दुर्घटना बिखर गई होगी, टल गई हागी।

इंतज़ार

मैं अपनी पीठ पर रूई और रज़ाई का खोल लादे अपनी कालोनी के गेट की ओर बढ़ रही थी। एक एंबैसडर गाड़ी मेरे निकट आ कर रुक गई थी। एक बेहद सौम्य महिला और बेहिसाब भद्र पुरुष मंद-मंद मुस्करा कर मुझे देख रहे थे।

''दैटस द सीपीरट, आइए हम आपको पहुँचा देते हैं।''

''न, न, मैं ले जाऊँगी'', दोनों की आँखों में उभरी प्रशंसा का भाव मुझे भला सा लगा था। यही प्रशंसा तो वह चारा है जिसके सहारे मैं जीवित हूँ, जीवित रहना चाहती हूँ। एक बार कोई मेरा प्रशंसक बन गया तो मैं जी जान से उस भाव को संपोषित करती रहती हूँ। बड़ा मज़ा आता ह। किसी दूसरे की फैली हुई मुस्कराती आँखों में आँखें डालने में। सहज ही एक रिश्ता बन जाता है, जिसे ता ज़िंदगी बनाए रखने की मानों मैं कसम उठा कर पैदा हुई थी। मुझे खुद अपनी इस कमजोरी की जानकारी शुरू से ना थी, कब हुई यह भी मैं ठीक से नहीं बता सकती हूँ। लेकिन आज सप्तति की दहलीज़ पर खड़ी मुझे यह स्वीकारने में कोई लाज-शर्म नहीं है...मैं पहचान, प्रशंसा, परिबोध की मूर्ति हूँ। कुछ मेरी किस्मत ही अच्छी है कि मुझे कभी वंचन से झूझना नहीं पड़ा।

हम सब लोग उस नवनिर्मित संकुल में एक दूसरे से अपरिचित थे। वह अपने घर की ओर बढ़ गए थे और मैं गेट की ओर।

आते जाते हम एक दूसरे के सामने पड़ जाते तो हाथ हिला कर, मुस्करा कर एक दूसरे का अभिवादन करते। बस। याद नहीं कितना वक्त गुज़र जानें के बाद धीरे धीरे मुझे अहसास हुआ कि अब जब जब हम एक दूसरे को देख कर मुस्कराते हैं तो संकुल के भीतर सड़क पर पैदल चल रहे उस भद्र पुरुष की बगल में वह सौम्य सी महिला नहीं होती। एक दिन मैंने पूछ ही लिया था, न

पूछती तो बेहतर रहता। वह सौम्य महिला कैंसर की शिकार हो कर चल बसी थी। गत दो बरस से मैं इन दोनों को हर संगीत सभा, हर नाटक गृह में देख रही थी, अब यह पुरुष मुझे संकुल की सड़क के अलावा और कही नज़र नहीं आता था............आँखों में अकेलापन, दर्द भरी उदासी समेटे वह सैर को निकलता ज़रूर था, लेकिन रुक कर कभी किसी से बात करते मैंने उसे न देखा था।

गीतिका द्वारा आयोजित संगीत सभाओं, अनेक उत्कृष्ट नाटकों के निमंत्रण पत्र मैं उन्हें भिजवाती रही लेकिन वह कभी नहीं आए। एक दिन मैंने पूछ ही लिया—आप आए नहीं कल?

उन्होंने मुझे एक लंबे लहमें के लिए निहारा और फिर बोले—"अब मन नहीं करता।"
क्या टूटन भरी आवाज़ थी, निरीह, एकदम अशक्त, हताश, सूनी-सूनी सी। मैंने कहा था "आप हमारे साथ चला करें, ऐसे तो ठीक नहीं है।" न हाँ की और न ही ना, बस मुझे देखते रहे, बड़ी सुंदर स्वप्निल आँखें थीं उनकी।

उन्होंने हम दोनों को शाम आठ बजे अपने घर आने का निमंत्रण दिया। हम दोनों गए। वह एक सेवानिवृत्त वरिष्ठ अधिकारी थे, बेटा-बेटी अमरीका में प्रवास करने के नाते पंछियों की तरह उड़ चुके थे, अडौसी पड़ौसी से उनका कोई नाता न था, पुराने संगी साथी बिखर चुके थे, रेड़ियो, टीवी सुनने, देखने की भूल वह कभी गलती से भी न करते थे। बस एक शौक था—पढ़ने और लिखने का। स्मरणशक्ति इतनी तेज़ कि तीस वर्ष पहले लंदन, जापान मैं देखे नाटकों, नृत्यों के विवरण यूँ सुनाते मानो आज ही प्रस्तुतियाँ देख कर चले आ रहे हैं। हाँ, एक और शौक था—किस्सागोईका। हुआ यूँ कि हमारे उनके सारे के सारे शौक साझे निकले। ज़ाहिर है ऐसे में गप्पबाज़ी का मज़ा ही अनूठा होता है। धीरे-धीरे घनिष्ठता बढ़ती गई। औपचारिकता में बदलने लगी, बिन निमंत्रण के भी हम एक दूसरे के घर आने जाने लगे थे। वह मेरा लिखा और मैं उनका लिखा पढ़ने लगी, मेरे सब क्रियाकलापों का विवरण वह सुनते, अपनी दिनचर्या के बारे में बताते।

बातें, बातें और बातें, अंतहीन भण्डार था हमारे पास। उनकी समधन और बहन हमारी मित्रता से बेहद खुश थीं, पहले उन्हें निष्ठापूर्वक हाल चाल पूछने आना पड़ता था, अब कोई मजबूरी न थी। अक्सर उनका फोन आता और जिसे मैं ही उठाती। दोनों सौ सौ बार मेरा धन्यवाद करती। एक रात, लगभग दस बजे, उनकी सेविका ईला मेरे पास हॉफती हुई आई।

"आपको कोहली साहिब ने बुलाया है?"

"कौन कोहली? मैं तो किसी ऐसे साहब को नहीं जानती हूँ"

"हमारे बोस साहिब को कुछ हो गया है और कोहली साहिब, कह रहे हैं कि आप ही उनके सबसे अधिक नज़दीक हैं। चलिए, जल्दी कीजिए।"

कल मिले थे तो बोस साहिब ने बताया था कि सब नाती संबंधी लखनऊ जा रहे हैं, परिवार में जवान मौत हुई थी। ज़ाहिर था किन्हीं कारणों से बोस साहिब नहीं गए थे।

"आप ही फैसला करें, उनका एक भी रिश्तेदार दिल्ली में नहीं है।" कोहली बोस साहिब के ऊपर वाले फ्लैट में हाल ही में अमरीका से आया था।

मैंने संकुल में रह रही अपनी मित्र डॉक्टर मल्हौत्रा को बुलाया। फैसला हुआ कि लकवा हो गया है, एक दम मेडिकल इंस्टीटयूट ले जाना ज़रूरी है। चार चौकीदारों ने उन्हें उठा कर टैक्सी में लिटा दिया। मैं और ईला आगे बैठ गए।

आपातकाल कक्ष में पहुँच कर मैं और ईला एक ओर दीवार से सट गए। चिकित्सकों ने अपनी कार्यवाही बड़ी निपुणता से शुरू की। कैट स्कैन से लेकर खून की जाँच की प्रक्रिया पूरी रात चलती रही। एक डॉक्टर आता, दूसरा चला जाता। स्ट्रेचर पर बोस साहिब लेटे थे। मैं और इला नज़दीक रखी स्टैप लैडर और स्टूल पर बैठे थे। वह बार-बार एक ही बात दोहरा रहे थे—मुझे घर ले चलो। मैं बार-बार उन्हें आश्वासन दे रही थी कि जाँच पूरी होने पर हम घर ही जाएँगे। लेकिन वह नन्हें बालक की तरह एक ही रट लगाए थे। आखिर मैंने पूछा था "क्या करेंगे आप घर जा कर? आपका इलाज तो यहीं होगा।"

"घर में बहुत ज्यादा कैश रखा है।" उन्हें ज़रूर आशंका होगी कि डॉक्टर लोग उन्हें दाखिल कर के यही रख लेंगे। इला ठीक वैसी ही धर्मनिष्ठ समर्पित सेविका थी जैसी किसी भी अकेले मजबूर निहथे चौहत्तर वर्षीय वृद्ध की होती है। उसकी इमानदारी के एक नहीं अनेक आवरण हमने गिरते हटते देखे थे और यह भी देखा था कि सिर्फ दो जून की रोटी खाने के लिए अपनी पूर्वनिर्धारित जीवनशैली, जिसे मैं साहिबी ही मानती हूँ, बनाए रखने के लिए बोस साहिब की नज़रअंदाजी के काफ़ी आघाती नमूने यदा कदा नज़र आते थे।

चिकित्सक आते जाते रहे, निरीक्षण करते रहे, मैं और ईला सर्तक बैठे रहे। रात के तीन बजे बोस साहिब ने मुझसे कहा "मुझे नींद आ रही है।"

"तो आप सो जाइए न।"

"होऊ कैन आई, वैन यू कैन नाट।"

"क्या कह रहे हैं आप? मैंने सोना होगा तो सो जाऊँगी, आपको नींद आ रही है, अच्छी बात है, सो जाइए।"

"नहीं, नहीं यह कैसे हो सकता है।"

"ऐसा करते हैं, बोस साहिब, आप सो जाइए एण्ड आई प्रोमिस यू आई विल टेक यू होम इन द मॉर्निंग।"

और वह सो गए थे।

मैंने और ईला ने भी एक आध झोंका ले लिया था। सुबह के पाँच बजे तो मैंने आपातकाल ड्यूटीरूम में तैनात डॉक्टरों की पार्टी से पूछा था "की गई जाँचों का नतीजा क्या है?" उत्तर मिला था–"बस फ़िज़िशियन का इंतज़ार है। पैजिंग कर दी है, वह आते ही होंगे। तभी फैसला होगा।"

मैं लौट कर स्टैप लैडर पर बैठ गई थी। थोड़ी देर बाद मुझे महसूस हुआ कि फ़िज़िशियन को अब तक आ जाना चाहिए था। सो मैं कैबिन से उठ कर बाहर आ गई। दोनों डॉक्टर मुझे देख कर मुस्कराएँ थे। मारपीट में चोट खाई वह बिहारिन अपने पति के साथ घर लौट गई थी, सड़क दुर्घटना में घायल युवक की हालत अब ठीक थी बेशक ऊपर से नीचे तक उस पर पलस्तर चढ़ाया जा चुका था और यप्पी किस्म के चार युवको ने अपने अपने अमीर बापों और अपने राजनैतिक संबंधों की धमकियाँ देनी बंद कर दी थी क्यों कि अब तक डॉक्टरी जाँच का इंतज़ार था। वह काफी दमित हालत में दीवार से सटे खड़े एक दूसरे को निहार रहे थे। हालात समान्य देख कर मैं स्टूल पर बैठ गई और युवा डॉक्टरों से उस तरह की गप्पबाज़ी करने लगी जैसी आपातकाल कक्ष में की जा सकती हैं।

एकाएक एक झटके से दोनों डॉक्टर खड़े हो गए। वह बोस साहिब की कैबिन की ओर देख रहे थे। पलट कर मैंने भी उसी तरफ देखा। बोस साहिब, जिन्हें रात चार चौकीदार उठा कर टैक्सी तक लाए थे और जिन्हें डॉक्टरों के अनुसार पक्षाघात हो चुका था, सीधे हमारी ओर चले आ रहे थे, खुदबखुद, बिना किसी सहारे के। मैं चीख कर उनकी तरफ भागी थी "बोस साहिब, यह कैसे हुआ?" वे मुस्कराते हुए गुस्लखाने की ओर बढ़ गए थे।

एक घंटे के निरीक्षण परीक्षण रपटबाज़ी के बाद हमने आपालकाल कक्ष से विदा ली और घर लौट आए।

उनकी स्वर्गवासी पत्नी के भाई, भांजे, भतीजे अगले दिन दोपहर तक आ पहुँचे थे, गत पचास साल से उनकी देख-रेख कर रहे डॉक्टर देव भी आ गए थे। लखनऊ अमरीका फोन कर दी गई थी। अमरीका से निर्देश आदेश मिला

था—डैड को बतरा नर्सिंग होम में शिफ्ट किया जाए। समधाने से नाते रिश्तेदार चाहते थे वह उनके घर चले ताकि उनकी देखभाल भी की जा सके और उनकी निजी दिनचर्या में भी विघ्न न पड़े। डॉक्टर दवे ने सुविज्ञतापूर्ण निर्णय सुनाया था—कहीं जाने की जरूरत नहीं है।

लखनऊ से बहन जी के लौटने तक मैंने और ईला ने मिल-जुल कर बोस साहिब की देख-रेख की थी। मेडिकल इंस्टीटयूट से कैट स्कैन की रिपोर्ट लाने, दवाईयाँ खरीदने जैसे काम मैंने ही किए थे। हमारी मित्रता ने एक दूसरा ही मोड़ ले लिया था। चाहे पाँच मिनट के लिए हो या एक घंटे के लिए मैं दिन में एक बार उनके घर जरूर आती।

अब वह धीरे-धीरे चलते थे, टाँगे थोड़ी टेढ़ी हो गई थी, बोलते तो वह पहले ही से बहुत मध्यम स्वर में थे अब और भी धीमे बोलने लगे थे, इतना धीमे कि आधा पौना ही पल्ले पड़ता। अब वह हमारे घर नहीं आ पाते थे। वैसे भी सतीश अधिक समय शिमला और गोड़ना में रहने लगे थे। मैं जब भी उनके घर जाती, उनकी स्वर्गवासी पत्नी का चेहरा तंग करता। साथ ही मुझे गुरुदेव की रचनाओं—समाप्ति की मृण्यमयी, दीदी की शशीकला, सुमा की सुभाषिणी, मान भजन की गिरीबाला—नायिकाओं का चमत्कृत, अभिभूत और आघात करता सौंदर्य, उनकी तरह हँसी याद आती। आज अगर वह जिंदा होती तो बोस साहिब की जिंदगी ऐसी न होती। बेटी-बेटे की ज़िद थी बतरा अस्पताल में दाखिल हो जाओं वहाँ नर्स रख लो। नहीं माने तो नया प्रस्ताव रख दिया—डी.एल.एफ.कोठी में शिफ्ट हो जाओ, क्या डी.डी.ए. के घुटन भरे तंग फ्लैट में कैद हो। मैंने पूछा था बोस साहिद से "क्या सोचा है" फैसला सुनाया था "मैं तो यही रहूँगा। मैं जिस भी खिड़की से ब्राहर झाँकता हूँ मुझे हरे भरे लंबे ऊँचे पड़े नज़र आते हैं और फिर वहाँ सतीश और तुम जैसे मित्र कहाँ मिल पाएँगे", मैं मुस्करा दी थी। यह पेड़ मैंने, बोस साहिब और युवा पड़ौसी रवि ने मिल कर रोपे सींचे थे, नीम, गुलमोहर और शहतूत जामुन तों थे ही, ढ़ेरों पौंधे, तुलसी, करी पत्ता और रजनी गंधा के। अपने घर में तो सभी लगाते हैं पर कॉलोनी के पार्क में कौन अपना धन और समय नष्ट करता है। हमने किया था। यह सच है कि बुढ़ापा एक बेहद ज़ालिम चीज़ है, बूढ़े कैसे होना है, जिंदा रहने की महान कला का सब से अधिक मुश्कल अध्याय है वृद्धावस्था। इस अवस्था के विकल्प पर एक नज़र डालें तो बुढ़ापा इतनी बुरी चीज़ भी नहीं है। क्या हुआ अगर उत्कट भावावेश खत्म हो गया, सदय अनुकंपा तो अपने पास है न।

एक दिन बोस साहिब ने बताया इन गर्मियों में वह बेटी के बच्चों की देखभाल करने अमरीका नहीं जाएँगे। विश्व बैंक में उच्चअधिकारी दामाद दिल्ली में नियुक्त होकर आने वाले हैं, औरंगज़ेब रोड़ पर बैंक की विशाल कोठी आबंटित हो चुकी है, दोनों बच्चों के दाखिले आगामी सत्र से तय हो गए हैं, नौकरी और आया नियुकत हो गए है। कोठी की साफ़ सफाई शुरू हो गई है। उनकी बेटी ने दो साल तक बैंगकोक में शोध कार्य क़रना है जहाँ से वह बैंगकोक से हर सप्ताह अंत दिल्ली आ जाया करेगी।

''वाह यह तो अच्छी खबर दी है आपने।''

वह मुस्करा दिए थे। जितनी सुंदर, धीर गंभीर उनकी आँखें थी उतनी ही सुंदर उनकी मुस्कान थी। उस शाम मुझे यह नहीं मालूम था कि मैं उनकी यह मुस्कान, उनकी आँखों की चमक मैं अंतिम बार देख रही थी। अर्थशास्त्र, आतंकवाद, पेड़-पौधों, फूलों से हट कर बोस साहिब ने पूछा था ''काला नवंबर की आखिरी कहानी का अनुवाद हो गया कि नहीं?''

एक दम तैयार है, परसो पाण्डुलिपि रूपा प्रकाशक को सौंप देनी है। पर्स में से कहानी निकाल तो ली थी मैंने, लेकिन उन्हें थमाई न थी।

31 अक्तूबर, 1984 के हत्याकांड पर लिखी बीस कहानियों का अंग्रेजी अनुवाद मैंने किया था। मेरे प्रूफ रीडर थे बोस साहिब। उन दिनों प्रूफ रीडर को एक पृष्ठ की गलतियाँ ठीक करने के पाँच रुपए मिलते थे। जाहिर है मैं उन्हें पैसे अदायगी की पेशकश कर ही नहीं सकती थी। वह सिर्फ प्रूफ रीडर ही नहीं थे, उन्होंने सम्पादक की भूमिका भी स्वेच्छा से बखूबी निभाई थी।

''इसे मैं खुद ही देख लूँगी।''

''नहीं, नहीं मैं इसे आज रात ही देख लूँगा।''

मैंने कहानी उनके मेज़ पर रख दी थी।

अगले दिन सुबह सबेरे इला घबराई--बौखलाई मेरे दरवाज़े के बाहर खड़ी थी।

''आप जल्दी चलों साहब को कुछ हो गया है।''

मैंने फोन कर के डॉक्टर मल्हौत्रा को बुलाया था। इला अनाप-शनाप बक रही थी। ''मैं 6 बजे चाय बना कर लाई थी, साहब ने हाथ उठा कर मना कर दिया था। मैंने सोचा शायद अभी सोना चाहते हैं, पता नहीं क्या हो गया है'' डॉक्टर साहब ने परीक्षा की। इला ने चाय वाली बकवास डॉक्टर साहब को भी रो-रो कर सुनाई

“इनकी मौत रात बारह बजे हुई है। इट इज़ अ केस आफ रिगर-मोंटिस।” हम दोनों ने एक दूसरे की आँखों में झाँका था। इला कितना बड़ा झूठ बोल रही थी फिर एकाएक मुझे ख्याल आया कि इला अपने किराए के कमरे से बोस साहिब की हाज़िरी में सुबह आठ बजे आती थी। सुबह की चाय बोस साहिब खुद बनाना पसंद करते थे—अपने माइक्रोवेव में।

अब यह दावा कर रही है कि इसने 6 बजे बोस साहिब के लिए चाय बनाई थी। डॉक्टर मल्हौत्रा ने निर्णय दिया था शरीर शव-काठिंय हो चुका है, कड़ा, सख्त, कठोर।

“डॉक्टर साहिब मैं क्या करूँ?”

दो सौम्य, शांत आँखें मेरे चेहरे पर टिकी थी। हम दोनों जानते थे कि सच क्या है। मैं कुछ ज्यादा जानती थी। अस्पताल में बोस साहिब ने मुझे कहा था कि घर में एक मोटी रकम की नकदी रखी हैं बाद में उन्होंने मुझे खुद बताया था कि उनकी नई पड़ौसन सोना खान अमरीका जाने से पहले यह कह कर रुपए छोड़ गई थी—मेरे पानी, बिजली, फोन, ऊपर काम करवा रहे ठेकेदानर और लेबर आदि के बिल आप अदा कर देना। इला को जरूर मालूम रहा होगा इस मोटी रकम की मौजूदगी के बारे में। एक झटके से मैं डॉक्टर मल्हौत्रा को विदा करने के लिए उठी थी। नीचे जाने से पहले उन्होंने धीमें से मुझसे कहा था “मैं मृत्यु प्रमाण पत्र बना दूँगी, आ कर ले जाना” कितनी बड़ी बदनामी से बचाने का प्रस्ताव रखा था उन्होंने। फिर उन्होंने कहा था “जाओ नाती संबंधियों को फोन कर दो।”

तब न वह जानती थी और न ही मैं कि बोस साहिब की मौत एक लोकापवाद विक्षुब्द करने वाली, लज्जाजनक अपंकीर्ति का रूप ग्रहण करने वाली थी।

“बोस साहिब इज़ नो मोर।” इन पांच शब्दों के माध्यम से मैंने उनके सम्बन्धियों को फोन कर दिए थे।

तीनों के आ जाने के थोड़ी देर बाद मैं अपने घर लौट आई थी। शाम चार बजे बोस साहिब के प्रिय गुलाबी गुलाब लेकर उनके घर गई तो बोस साहिब के शरीर को शयन कक्ष से उठा कर बैठक के कालीन पर पहुँचा दिया गया था। बहन जी और दामाद साहेब खाने की मेज पर विराजमान थे। फूल मृत शरीर को अर्पित कर मैं उनके साथ जा बैठी थी। बहुत चिंताग्रस्त थे दोनों। बाप के अंतिम संस्कार में अगर कुछ आढ़े आ रहा था तो दुविधाएँ। अमरीका में बेटे

बहु की छुट्टियाँ खत्म हो चुकी हैं, वह दिल्ली आएँ तो कैसे आएँ? बैंगकोक में शोध-रत बेटी को कोई भी एयर लाइन सीट नहीं दे पा रही है।

खैर थोड़ी देर में बेटी का फोन आ गया "मैं कल सुबह पहुँच रही हूँ।"

बोस साहिब के शयनकक्ष के किवाढ़ के पीछे मैंने इला का विचलित चेहरा देखा। जब हम दोनों की नजरें मिली तो उसने मुझे इशारा कर के भीतर बुलाया।

"यह दोनों मेरे बारे में क्या कह रहे हैं?"

"कुछ भी तो नहीं",

इला चुपचाप मुझे घूरती रही थी। मेरे चेहरे पर उभरे भाव–तुम्हीं ने बोस साहिब का गला दबोच कर उन्हें मारा है, और सोना खान की रकम चुराई है–उसने पढ़ लिए थे। इसके बाद वहाँ रुके रहना मेरे लिए असहनिय था। बाहर आ कर मैंने बहन जी को कहा था "मैं चलती हूँ। कल कितने बजे चलना है?"

"अरथी-वैन पाँच बजे मँगवाई है"

अगली सुबह मैं और सतीश पाँच बजे बोस साहिब के घर पहुँचे तो देखा परिवार के सब लोग नीचे सड़क पर हैरान परेशान खड़े थे। दामाद साहेब ने हमारी नमस्ते को बिना कबूले प्रश्न फेंका था "आउट फॉर अ मॉर्निंग वाक?"

"घर की चाबी इला के पास है और हमें मालूम नहीं कि वह रहती कहाँ है"

"बोस साहेब के पास भीतर कौन है?"

"कोई भी नहीं"

"मैं लाती हूँ इला से चाबी" कह कर मैं चल दी थी। पीछे से एक आवाज़ आई थी "माई मैनेजर विल कम विद यू डू नाट गा एलोन" रिश्तेदारों के बीच खड़ा एक आदमी मेरे साथ हो लिया था–मृत शरीर पूरी रात अकेला पड़ा रहा और मेरे साथ मैनेजर जाएगा।

इला को नीचे से मैंने पुकारा था, पहले एक फिर दूसरे बेटे ने अधखुली खिड़की से झाँका था। चौथी बार पुकारने के बाद इला ने बड़ी चोर नज़रों से झाँका था।

"इला घर की चाबी दे दो, वैन आ गई है।" बेटा भागा आया था और मुझे चाबी थमा कर भागा था। मुझे लगा कि मेरी हथेली में बोस साहिब के घर की चाबी नहीं वह खुद बैठे थे। ऊपर पहुँचे तो मुँह से छूटी चीखं को मैं रोक न पाई थी। पूरे शरीर पर कीड़े रेंग रहे थे, तीस घण्टे से बिना बर्फ के पटके शरीर पर कीड़े नहीं तो और क्या चलना था। क्षोभ भरी नज़ों से मैंने परिवार

के सदस्यों को घूरा था। दामाद साहेब बोले थे, पूरी दिल्ली छान मारी कहीं बर्फ की सिल्लियाँ नहीं मिली थी।

"आप मुझे कहते, में एक पल में इंतजाम कर देती" जिस बोस साहिब को बतरा अस्पताल दाखिल करवाने की जिद करने वाले बेटी दामाद फोन पर फोन किया करते थे क्या वह बेटी के दिल्ली पहुँचने तक शरीर शवगृह में नहीं रख सकते थे? रख भी देते थे क्या ऐसे असम्य अशिष्ट और निष्ठुर दामाद ने सुनिश्चित करना था कि दाह संस्कार तक शवगृह में बर्फ की सिल्लियाँ पहुँच जाएँ। बड़ी माँ जब स्वर्गसिधारी तो हमें अमरीका गए मामा जी का इंतजार करना था। मैं हर तीन घण्टे के बाद शवगृह जाती थी। वहाँ तैनात परिचारक मुझे कहते "बहन जी, आप पैसे छोड़ दीजिए हम सब देख लेंगे, क्यों परेशान हो रही हैं?" उन्होंने मेरी माँ के शव का क्या करना है मैं जानती थी। मैंने स्वयं को झकझोरा था। निगाह बोस साहिब की मेज से टकरा गई थी। अपनी कहानी उठा कर मैंने पर्स में रख ली। प्रूफरीडिंग की या नहीं देखना जरूरी न था। बोस साहिब कहीं बात पूरी न करें संभव न था।

हर दिल अजीज बोस साहिब का शरीर जब नीचे लाया गया, कॉलोनी का एक भी निवासी उनकी विदाई के लिए मौजूद न था। मैंने इस बदतमीज दामाद से कहा भी था कि मैं कॉलोनी की वेल्फेयर एसोसिएशन को इत्तला कर आती हूँ, आप लिख कर दे दो, वह चौकीदार की ड्यूटी लगा देंगे, यहीं दस्तूर था लेकिन बदतमीज़ ने उत्तर फेंका था "कोई ज़रूरत नहीं, वी डोंट वांट एनी ऑफ दिस" यह 'वी' कौन थे? बहन जी, समधन, उनके पोते पोतियाँ सभी तो जान छिड़कते थे बोस साहिब पर, उनके दायरे पर और आज जब वह नहीं रहे तो हम सब लोग उन्हें विदा भी नहीं कर सकते हैं? मैंने सतीश को इशारा किया था, हम दोनों नीचे आ कर वैन से कुछ दूर तक एक तरफ़ खड़े हो गए थे। सुबह की सैर से लौट रहे पड़ौसियों ने पूछा भी था "सुबह सवेरे यहाँ क्यों खड़े हो?"

"किसी का इंतज़ार कर रहे हैं?"

यह सच है—मैं मन ही मन इंतज़ार कर रही थी, शायद बोस साहिब सब को विस्मित करते हुए, उठ कर, मुस्कराते हुए सीढ़ियाँ उत्तर नीचे आ जाएँ। ठीक वैसे ही जैसे उस रात आपातकालीन कक्ष से खुद-ब-खुद उठ कर गुस्लखाने की ओर बढ़ गए थे।

जंग जारी है

मुझे कालका स्टेशन से नौ बीस पर छूटने वाली गाड़ी नंबर 4887, जम्मू तवी एक्सप्रेस पकड़ कर अगली सुबह जालंधर पहुँचना था। शिमला से कालका मैं आठ बजे पहुँच गई थी। स्टेशन मास्टर से प्लेटफार्म और बोगी नंबर पूछ कर मैं प्रतीक्षा गृह में जम गई। नौ बजने को आए लेकिन उस बौगी का कोई अता-पता न था। एक कुली ने बताया कि यह पूरी ट्रेन जोधपुर के लिए है और जालंधर और जम्मू का डिब्बा ईंजन के एकदम पीछे लगने वाला है उसे जालंधर पहुँचकर डिटैच कर लिया जाएगा। बाकी की गाड़ी जोधपुर जानी थी। इस तरह सफर करने का मेरा पहला मौका था। मान लो डिब्बा कहीं और डिटैच हो गया तो? दूरदर्शन पर मेरी रिकोर्डिंग का क्या होगा? आखिर दूरदर्शन और आकाशवाणी से चालीस बरसों का सुखमय संग साथ था मेरा, समय की पाबंदी अनुशासन ही इसके प्रमुख पहलू थे। प्लेटफॉर्म पर गाड़ी खड़ी तो थी पर भीतर घुप अँधेरा था, शुरू से आखिर तक जब मैंने दो चक्कर लगा लिए तो मेरी बौगी का कोई अता-पता न था। 4887 नंबर को ढूँढ़ते-ढूँढ़ते न जाने क्यों मुझे करगिल की चोटी नंबर 4875 और टाइगर हिल याद आ रही थी। मेरा तो कोई सगा संबंधी उस या किसी अन्य चोटी पर अपनी-अपनी जान की परवाह किए बगैर अपनी माँ से भी ज्यादा प्यार अपनी मातृभूमि की रक्षा में अपनी कीमती जानें न्यौछावर करने वहाँ तैनात न था। तभी देखा कि बगल की पटरी से एक इंजन जालंधर की बौगी की शंटिग करता अवतरित हो रहा था। जब टिका टिकाई हो गई तो मैं प्रवेश द्वारा की ओर लपक कर पहुँच गई थी। बच गए। लेकिन यह क्या प्रवेश द्वार पर फौज़ी वर्दी में एक नायक को हैरान परेशान खड़े पाया। उसकी परेशानी की वजह जाने बगैर ही मैं और भी ज्यादा विचलित हो गई थी। अगर एक फौज़ी इस हालत में है तो मेरा क्या होगा? भीतर झाँका पूरा कोच कौमबेट

वर्दी फैटीग ड्रेस से लैस 18-19 साल के जवानों से भरा था। यह वह जवान थे जो बर्फीले तूफान की दिशा मोड़ने इसलिए इस कोच में ठूँसे गए थे क्योंकि भारत माता की माटी ने एक बार फिर इनका लहू माँगा। था। लंबे चौड़े सुगठित शरीर वाले जवान छोकरे अपने भारत महान् पर प्राण न्यौछावर करने को तत्पर दिख रहे थे। आँखों में किसी अनजाने सुंदर, सुखद भविष्य, एक सुविधा संपन्न जीवन शैली का सपना संजोए, आपस में बतियाते हुए कालका से रेलगाड़ी के प्रस्थान की प्रतीक्षा में थे। सब यात्री एकदम संतुलित-संयमित मनस्थिति में थे। जो खाना खाकर आए थे वह लमलेट थे। जो अपना खाना साथ लाए थे उन्होंने अपने-अपने दस्तरखान बिछा लिए थे। आपस में स्नेहपूर्वक बतियाते खाना खा रहे थे। तभी देखा एक लान्स नायक बौगी में बदहवास हालत में घुसा। उसने अपने अफसर नायक से कहा "मैं आपको ढूँढ़-ढूँढ़ कर थक गया" नायक ने उसे डाँटा था "वारंट तुम्हारे पास है, चार जवानों का सीट नंबर नहीं है।"

"कहाँ है टी.टी.? आने दो उसे, गुस्लखाने में बंद कर दूँगा। बाहर मैं पहरा दूँगा—अंत तक। एक बार पहले भी कर चुका हूँ मैं यह काम।"

तब तक मुझे पता लग गया था कि जवान तो जम्मू जा रहे हैं, यह नायक और लांस नायक अंबाला उतर जाएँगे। गतवर्ष अंबाला रेलवे स्टेशन पर हुआ विस्फोट अधिक घातक था या यह धमकी? उसको उसके संगी साथ जवान सब मिल गए थे। लेकिन न जाने क्यों कैसे मेरा उसका वार्तालाप जो यूँ ही शुरू हुआ तो दो घण्टे तक चला। शामिल विषयों में उस दिन तक की तमाम विषमताओं की चर्चा हुई थी। उस फौजी की उम्र कुल पच्चीस साल थी पर बातें वह बाबा आदम के जमाने की कर रहा था। हम दोनों ने मिलकर बापू, पंडित जी और कायदे आज़म की खूब धुनाई की थी—अपने-अपने तरीके से। वह राष्ट्रीय स्वयंसेवक संघ का सक्रिय कार्यकर्त्ता और मैं जन्म से पहले की काँग्रेसी, 1940 से स्वतंत्रता संग्राम की सजग चश्मदीद गवाह। तर्क वितर्क में मजा आ रहा था। मैं किसी तर्क में उससे हारने को तैयार न थी। उसकी हर आलोचना, हर आरोप का उत्तर था मेरे पास। एक बार लगा था कि मुझे विषय परिवर्तन कर देना चाहिए। मेरी उम्र के गैर राजनैतिक लोगों का दुःख दर्द इन भगवा कपड़ों और निक्कर वालों से बहुत भिन्न था। बचपन में क्या सपने देखे थे और आज उन्नसठ साल बीत जाने पर सिवाए अफसोस के कुछ भी नहीं महसूस होता। बेशक भारतीय सेना का एक अंग होने के नाते उसकी निष्ठा सिर्फ मौजूदा शासन और सत्तारूढ़ दल में होनी चाहिए, निजी राजनैतिक विचार व्यक्त करना वर्जित माना जाता

है। बेशक वह छोकरा बातें बड़े उच्च स्तर की कर रहा था, मुझे लगा कि जवान खून है, यह बच्चा भारत माँ की आन, बान और शान जरूर बचा लेगा। उसने यह भी बताया कि वह तीन भाई हैं तीनों सेना में, पिता भी सेना में थे चीन के साथ हुए युद्ध में शहीद हुए थे। उसने बताया कि हमारी माँ बहुत बड़ी शेरनी है, कभी घबराती-रोती नहीं।

एक-एक कर सब लोगों की आँखों में नींद उतरने लगी थी। आग उगलती, शूरवीरता, देश प्रेम की बातें इस छोकरे ने मुझे सुनाई थी। बातों-बातें में यह लड़का वीरता, शौर्य, बलिदान, सज्जनता, भावुकता के आदर्श मानक में बदल गया। दो महीने चौदह दिन चले करगिल युद्ध में उस दिन तक 584 सैनिक ज़ख्मी हो चुके थे और 400 से अधिक शहीद ?। वतन का यह मुहाफ़िज मुझे किस्से दर किस्से सुना रहा था। उस वीर चाक चौंबद सैनिक पर नाज़ न करती तो क्या करती? यह पता लगने पर कि मैं आकाशवाणी, साहित्य और रंगकर्म से जुड़ी हूँ तो उसने बताया कि अपनी बटेलियन के वादक-दल का संचालक वही है। उसने बताया कि एक सहपाठिनी उसकी आवाज़ पर लटु होकर उससे विवाह करना चाहती थी पर अमीरी-गरीबी की दिवार बीच में आ गई। मैंने कहा था "कुछ सुनाओ न।"

पहले उसने सुनाई एक कविता। "चट्टानों पर खड़ा वह याद तुम्हें करता होगा, देश की लज्जा बचानी है, वह हँसकर मरता होगा, सरहद पर मरने वाला हर वीर था हिंदोस्तानी" सच ही तो कहा है किसी ने युद्ध में मारे गए हर सैनिक का सम्मान स्वर्ग में भगवान खुद करते है। फिर उसने पाश का वह गीत गाया जिसमें युद्ध और शांति के बारे में कहा गया है "हम जिन्होंने युद्ध नहीं किया, तेरे भले पुत्र नहीं है जिंदगी, युद्ध यारी के लिए बढ़िया नाम है, युद्ध किसी महबूब के लिए आँखों में लिखा खत है।" शिव कुमार वटालवी के गीत, माँ मैं शिकरा यार बनाया से लेकर मैंनू विदा करो और असाँ ताँ यौवन रूते मरना तक आते-आते आँखों में बरबस उमड़ आए आँसुओं को गालो तक न पहुँचने देने की कोशिश में मैंने चेहरा ऊपर उठा लिया था। आखिर शिव बटालवी की परछाई भी तो उसके साथ-साथ चली थी, मैं अपने कीमती आँसु क्यों बहने दूँ। खिड़की वाली बर्थ पर मैं थी, सामने निचली सीट पर सुशील उसके ऊपर वाली बर्थो पर दो जवान और दाई ओर ऊपर वाली बर्थ पर एक कोमल कली अपनी हथेलियाँ ठोड़ी पर टिकाएँ सुशील को एकटक निहार रही थी—मंत्र मुग्ध सी। वह बातें ही ऐसी कर रहा था। मुझे एक गीत याद आ गया—मथे ते चमकन बाल मेरे बनडे दे।

वह कुछ ऐसे बैठी थी मानों चार कुम्हार उसका डोला उठाए ऊँची पहाड़ियों से नीचे ला रहे हों। उसके माता-पिता नीचे की दो सीटों पर गहरी नींद सो चुके थे। उसके साथ बातचीत का सिलसिला सुशील ने ही शुरू किया था। नाम, शहर, स्कूल, कक्षा जैसे सामान्य सवाल थे। मैंने पूछा था "बेटी कहाँ जा रहे हैं आप?"

"पहले जम्मू जाएँगे, बहन के बेटे का मुंडन करवाने वैष्णों देवी जाएँगे और फिर वापस शिमला।"

"मैं तो अंबाला नहीं उतरूँगा। मैं तो आप सब के साथ वैष्णों देवी ही चलता हूँ। निर्धारित तारीख को इन्हें सोलन में मिल जाऊँगा। हम दोनों को ब्रिगेडियर साहब ने कुछ खरीददारी के लिए भेजा है, नायक साब अकेले ही खरीददारी कर लेंगे।"

कोमल कली का बाप उठ खड़ा हुआ था, देर तक वह अपनी बेटी को घूरता रहा—मानों कह रहा हो कि एक अनजाने को क्यों इतना सब बता दिया। इस बीच सुशील ने माता की भेंटे बड़ी श्रद्धापूर्वक गा डाली थीं। आखिर माँ के द्वार तो कोई तभी जाता है जब बुलावा आता है। "कोई कमी नहीं है, दर मैया के जा के देख देगी तुझे दर्शन मैया, तू सर को झुका के देख" और फिर तो वह लगातार गाता रहा—

देख जहाँ मैं तू ही नज़र आए,
माँ मुराद पूरी कर आस रहे न अधूरी,
दे दे प्यार मैया तेरा क्या घट जाएगा।

एकाएक सुशील ने मेरी ओर देखकर कहा था "मौम बहुत रात बीत गई है, अब आप सो जाओ। मुझे तो पूरी रात जागना है।"

"क्यों?"

"इसकी चौकीदारी करनी है" उसने अपने वक्ष पर हाथ रख कर कहा था।

"किसकी चौकीदारी करनी है?"

"अपने पहचान पत्र की" कमीज़ का एक बटन खोल कर उसने पहचान पत्र बाहर निकाला था

"मैं समझी नहीं यह तो तुम्हारे पास है सुरक्षित"

"आजकल पहचान पत्रों की चोरी ज़ोर शोर से हो रही है"

यह कौन सा नया स्कैम है जिसकी खबर मुझ तक नहीं पहुँची थी। खैर मुझे नींद नहीं आ रही थी, साथ लाई पत्रिका उठा कर देर तक पढ़ती रही। कैसे आती नींद, गर्मी और मच्छरों ने नाक में दम कर रखा था। फिर सोचा लेटा जाए।

बत्ती बुझ दी। जब-जब मच्छर मेरा खून पीते मैं करवट बदल कर सोने का असफल प्रयास करती। एक बार जब मैंने करवट बदली तो क्या देखती हूँ–सुशील उस कोमल कली के ऊपर लेटा हुआ है। पहले मैंने सोचा कि लड़की के माँ-बाप को जगा दूँ। फिर लगा–इतना घटिया काम अगर यह जांबाज कर सकता है और उस पर मर मिटी यह लड़की पूरी शिद्दत से उसकी गिरफित में परिबद्ध है तो मुझे दखल नहीं देना चाहिए। इधर मैं मच्छरों के चक्कर में करवटें लेती रही उधर शास्त्रविरुद्ध, असनातनी रतिक्रीड़ा बेझिझक चलती रही। अगली करवट बदली तो देखा कि ऊपरी शायिका के आखिरी कोने पर पैर लटकाएँ, आँखें मूंदे सुशील ऊंघ रहा था। कहता था–मुझे सारी रात जागना है, यह तो गहरी नींद में लुप्त है। पशुधर्म का पालन करने के बाद यह तो होना ही था। वह सम्मोहित बच्ची मदहोश लेटी थी। सबको एक विस्फोटक धमाके ने तपक कर उठ जाने पर बाध्य किया। लड़की के बाप ने गहरी नींद में डूबी अपनी पत्नी को झकझोरा था। अगल बगल के डिब्बों में सोए सारे जवान और दोनों नायक लपक कर दुर्घटना स्थल पर पहुँच गए थे। उन में से एक ने सुशील को खड़ा करने का असफल प्रयास किया था। वह शायद नहीं जानता था कि सोया आदमी मृत समान होता है। जब ऊपर से नीचे सुशील का अधोगमन हुआ तब उसे इस अवतरण की जानकारी न थी। जब वह अपनी गत से अवगत हुआ तो रास्ता भूले हिरण की तरह बेहद निरीह नज़रों से मुझें देख रहा था। चार जवान मिल कर भी उसे खड़ा नहीं कर पाए। जब गाड़ी अंबाला रूकी तो चारों ने उसे घसीट कर प्लेटफार्म पर लिटा दिया था। यह वही बहादुर सिपाही था जिसने हिंदोस्तान-पाकिस्तान के बीच किसी को न दिखाई देने वाली एल.ओ.सी.–नियंत्रण रेखा–के पार तैनात पाकिस्तानी फ़ौजियों के बारे में कहा था "उनका मुकाबला करना ही हमारी शक्ति है। वह हमारे दुश्मन नहीं, हमारे विरोधी हैं और मौम क्या आप जानती हैं युद्ध इश्क के शिखिर का नाम है, युद्ध लहू के लाड़ का नाम है। देखना यह युद्ध हमारे पुरखों की समाधियों पर फूल बन कर खिलेगा ऐसा मैं नहीं कर रहा, पाश ने का था।" क्या, यह वही सुशील था जिसने मुझे बताया था कि चीन की सीमा पर बसे गाँवों में जब लड़की जवान हो जाती है तो उसका बाप उसे कहता है, "बेटी जा, सीमा पार चली जा, वहाँ भारतीय सिपाही भाईयों की तरह तेरी रक्षा करेंगे। यहाँ रहेगी तो तिब्बती तेरा शील भंग कर देंगे।" काल को वश में करने वाली, चामुण्डा नाम से संबोधित होने वाली माँ का नर रूप मेरे सामने बैठा था। लेकिन वह तो जीवन दान भी करती है शंकर की शक्ति है, सृष्टि को जन्म देती

है उसका पालन करती है और संहार भी तो वहीं करती है। क्या इसलिए इस जगत का संतुलन बना रहता है? उस वक्त मन हुआ था कि शोर मचा कर सुशील की पिटाई करवा कर चलती गाड़ी से बाहर फिंकवा दूँ। फिर कबीर की याद आ गई—पाथर पूजे हरि मिले तो मैं पूजों पहार। बेशक इस कांड में यह लड़की बराबर की भागीदार है। जब मैं और सुशील बातें कर रहे थे तब यह लड़की ऊपर बैठी दुष्यंत कुमार की पंक्तियों को साकार करती नज़र आ रही थी। उसकी आँखें कह रही थी—फिर धीरे-धीरे यहाँ का मौसम बदलने लगा है, वातावरण सो रहा था, अब आँख मलने लगा है। अपना सर्वस्व अर्पित करने को तैयार उस चुप बैठी कबूतरी की आँखें कह रही थी—नज़र नवाज़ नज़ारा बदल न जाए, जरा सी बात है मुँह से निकल न जाए। मुझे लगा था कि यह मिनी रेप—लघुशीलभंग—उस नवीं जमात की बेवाकूफ लड़की का न था, यह हादसा मेरे साथ, एक 86 साल की बुढ़िया के साथ घटा था। कौन कहता है करगिल युद्ध खत्म हो गया है। जब तक मुर्शरफ, सुशील और बुश जैसे लोग इस दुनिया में है तब तक हम यह कहने को मजबूर हैं—जंग जारी है—चाहे वह चोटी 5140 या 4875 पर लड़ी जाए या जम्मू तबी एक्सप्रेस की उस बोगी में जो जालंधर पहुँच कर मुख्य गाड़ी से डिटैच होकर जम्मू की ओर रवाना हो जाएगी।

□□□